I0670638

Todos los libros de Linkgua Ediciones cuentan con modelos de Inteligencia Artificial entrenados por hispanistas. Pregúntale al chat de tu libro lo que desees acerca de la obra o su autor/a.

Para ebooks: Accede a nuestro modelo de IA a través de este enlace.

Para libros impresos: Escanea el código QR de la portada con tu dispositivo móvil.

Obtén análisis detallados de nuestros libros, resúmenes, respuestas a tus preguntas y accede a nuestras ediciones críticas generativas para una experiencia de lectura más enriquecedora.
La transparencia y el respeto hacia la autoría de las fuentes utilizadas son distintivos básicos de nuestro proyecto. Por ello, las respuestas ofrecen, mediante un sistema de citas, las fuentes con las que han sido elaboradas.

Emilio Bacardí Moreau

Vía Crucis I
Páginas de ayer

Edición y prólogo

de Joaquín Navarro Riera

Barcelona **2024**
Linkgua-ediciones.com

Créditos

Título original: Vía crucis I.

© 2024, Red ediciones S.L.

e-mail: info@linkgua.com

Diseño de cubierta: Michel Mallard.

ISBN rústica: 978-84-9007-724-5.
ISBN ebook: 978-84-9007-422-0.

Sumario

Brevísima presentación

La vida

Emilio Bacardí Moreau nació, en Santiago de Cuba, el 5 de junio de 1844. Fue el primer alcalde republicano de Santiago de Cuba, elegido en 1901 con el 61% de los votos. En 1906 resultó senador de la república dentro del conservador Partido Moderado, de Domingo Méndez Capote y Tomás Estrada Palma. Sus servicios a su ciudad natal (extendió la electrificación ciudadana y pavimentó gran parte del casco urbano) le valieron el reconocimiento oficial de «Hijo predilecto de Santiago de Cuba».

Como escritor destacó principalmente por algunas novelas de indudable interés, como *Vía Crucis* y *Doña Guiomar*. Como historiador, su obra más conocida fue *Crónicas de Santiago de Cuba*. Al margen de su producción literaria, Bacardí fue muy conocido en su tiempo (y es recordado en la actualidad) por sus labores como industrial, entre las que resulta obligado destacar la fundación de la empresa licorera que lleva su nombre, gran difusora a lo largo de todo el siglo XX de las excelencias del ron cubano.

Vía Crucis

La novela Vía Crucis narra el esplendor y la caída de los hacendados cafetaleros a través de una familia de inmigrantes. La historia se desarrolla durante el período revolucionario de 1868-1878, y muestra los infortunios de la sociedad cubana desde el grito de Yara hasta el Pacto del Zanjón.

Emilio Bacardí respiró el trasfondo histórico que expone en su obra y por tanto es un testimonio directo de lo que se vivió en aquella etapa de lucha independentista en la ciudad de Santiago de Cuba.

El narrador logra con eficaz sutileza retratos de personajes en consonancia con las situaciones y conflictos contextuales. Sin dejarse llevar por el apasionamiento, analiza el alma de sus protagonistas y describe la situación moral y material de Cuba durante la Guerra de los Diez Años. Emilio Bacardí interpreta la realidad histórica con la fría exactitud y precisión de un historiador y responde a las exigencias de la novela histórica contemporánea.

La novela fue reimpresa por Amalia Bacardí, Estados Unidos, 1970.

Vía Crucis. Impresiones de un lector

La personalidad literaria de Emilio Bacardí Moreau es casi desconocida de la mayoría de sus compatriotas, que han admirado principalmente en él su carácter y su vida de revolucionario político. Esta fase de su personalidad, aureolada por los sacrificios de los destierros y las prisiones en Chafarinas y otros lugares del imperio español, y por su eficaz labor de propagandista y auxiliar dadivoso en beneficio de la guerra por la independencia nacional, dentro del país en armas y en el seno de algunas emigraciones cubanas, acampadas en tierras extranjeras; esta fase del cubano separatista y del enamorado ferviente de la libertad y del progreso moderno parece haber eclipsado, a las miradas de muchos de sus conocedores y amigos, los destellos de su gran espíritu de artista, cultivador de las letras y de la pintura.

Imposiciones incontrastables de la vida desviaron, quizá, las primeras naturales inclinaciones de su vocación y de sus aptitudes artísticas, y obligaron al observador y al soñador a ser *hombre práctico* y de acción cotidiana en la balumba de la soberana vulgaridad, en la que predominan las pasiones y los apetitos de la lucha biológica sobre la libertad de los espíritus desinteresadamente enamorados de la belleza, la verdad y el bien.

La mayor parte de sus contemporáneos solo han podido apreciar en Emilio Bacardí al vocero republicano y librepensador, escritor y tribuno repentista, de impetuosas corazonadas, frase vehemente y melena sacudida por ráfagas de tempestad, y también al ciudadano exaltado a la primera magistratura popular de su nativo Municipio, entre las aclamaciones de amor de la mayoría y el rencor de sus enemigos políticos. Pero en ninguna de esas manifestaciones del *hombre público*, sumergido en el oleaje de los intereses circunstanciales, pudo la multitud ni siquiera sospechar que en lo más íntimo de esa alma estaba inédito el autor de *Vía Crucis*. Y *Vía Crucis* es la revelación y el testimonio perdurable de un novelista de talento, de un artista inspirado y clarividente y de una gran conciencia devota de la verdad y la justicia.

Yo no he de empeñarme ahora en promover arduas disquisiciones críticas para probar el mérito absoluto de esta novela y de su autor, haciendo comparaciones que me llevarían a recordar a los grandes maestros de la novela en Cuba, desde Cirilo Villaverde hasta Jesús Castellanos; ni Emilio Bacardí Moreau, que no presume de literato profesional, habría de sentirse halagado por nada que pudiera afectar, en relación con su nombre, al amor propio de los demás. Pero cediendo a la necesidad natural y legítima de verter mis impresiones de lector atento y reflexivo, declaro que *Vía Crucis* es un libro que atrae y conmueve y que ha de tener para todos los cubanos y los amantes de Cuba, y aun para los simples conocedores de nuestra patria, un interés tan vivo y seductor como el de los *Episodios nacionales*, del insigne Pérez Galdós, para todos los que aman y admiran a España.

Con la rara *impersonalidad* preconizada por Gustavo Flaubert, el autor de *Vía Crucis* refleja toda la realidad de la vida. Sin ningún apasionamiento define y analiza el alma de sus protagonistas, y describe el ambiente de la situación moral y material de Cuba durante el periodo revolucionario de 1868. No hay en todo el libro nada que trascienda a sectarismo o parcialidad. El escritor ha acertado a interpretar la realidad histórica con la fría exactitud de un biólogo experimental y con la visión penetrante y el pincel firme de un artista del color. *Vía Crucis* responde a las exigencias de la novela histórica contemporánea, a la manera de *La Debâcle*, de Zola; tan diametralmente opuesta a las estupendas mixtificaciones y fábulas que injertó en muchas páginas arrancadas a la Historia la imaginación de ciertos noveladores románticos, como el fecundísimo Dumas, padre.

Alrededor de una familia cubana —la de Pablo Delamour— gira y se desenvuelve la acción de esta novela. Acaso esa misma familia simbolice, con el *Vía Crucis* de su existencia, los grandes infortunios de toda la sociedad cubana en aquella década que transcurrió desde la fulgurante rebeldía de Yara hasta la abdicación tristísima del Zanjón. La pluma de Bacardí, pródiga en colores y en detalles vividos, aunque a veces no logre armonizar la fuerza plástica de su imaginación evocadora con la cinceladura primorosa y paciente del estilo, se ha complacido en pintar la vida de la familia del noble Delamour en todos sus aspectos y todas sus situaciones. Ora es en el fértil cafetal, en los alegres días del bienestar y la esperanza; situación que sirve al novelista para hacernos sentir el tibio y dulce ambiente de un hogar puro y risueño, y para darnos la visión magnífica de la naturaleza cubana en párrafos que entrañan todo el vigor exuberante de nuestros montes, en su eterna fiesta de luz y de lozanía primaveral. Parece que Bacardí, con amores de panteísta, ha dialogado muchas veces con el alma de la naturaleza campesina. Ora en los trances angustiosos, en las horas tétricas que preceden a la ruina y a la locura del excelente Delamour, cuyo estado de conciencia, en

12

una noche de insomnio, se refleja en palabras de admirable análisis psicológico. Ora es, por fin, en plena desgracia, cuando la miseria, la muerte y la desesperación azotan y derrumban el antes venturoso hogar, y el heredero del hidalgo de *La Fortuné* —el cafetal incendiado— se lanza al campo de la guerra separatista, sacrificándolo todo a la patria, para sucumbir, como tantos millares de cubanos, en la hecatombe heroica...

La vida colonial, en aquellos años tenebrosos, desfila a nuestros ojos en una sucesión interminable de hechos y de tipos, de escenas y de actores: la horrenda esclavitud de los negros, un festín de esclavistas imbéciles y ebrios, los incendios trágicos de la riqueza cubana; los conciliábulos de la inquisición integrista y los diarios fusilamientos en las ciudades; el joven negro Juan, verdadero hermano, por la gratitud y el patriotismo, del joven blanco Delamour; el patriarca africano *papá Zephir*, el miliciano cubanófobo don Pedro, mercader de víveres y de patriotería sanguinaria; el astuto laborante Velázquez, el noble militar español Charlo, el imponente coronel cubano Cintra, impulsado a la venganza implacable por uno de aquellos crímenes que concebían y perpetraban los que se empeñaban en ahogar en sangre el ideal de la redención de Cuba.

Obra de arte y de justicia es la novela de Emilio Bacardí. En ella hablan y accionan los hechos y las almas, con la lógica de la naturaleza y con la vibración de la vida. El autor, libre de pasiones, ha narrado la verdad histórica como aconsejaba Tácito: sin odio y sin amor. Y para describir esa verdad, en las cosas y en los personajes de la acción novelesca, le ha bastado la noción de la justicia y la sensibilidad de su temperamento de artista. Ha paseado a lo largo del camino el espejo de su imaginación —como diría Stendhal— y la realidad se ha reflejado en el espejo.

Joaquín Navarro Riera (Ducazcal)
6 julio 1901.

Al lector

Esto fue escrito en 1890.

El empeño de eslabonar acontecimientos remotos ya, esbozarlos a la ligera, zurcir cuadros de costumbres y hechos, variando nombres y lugares, ha sido el de querer conservar el recuerdo de algo que pueda ser útil en el mañana.

Los sucesos han sido tales como se refieren; me he ceñido a la verdad con completa imparcialidad, y si se objetare algo por algunas coincidencias y conjeturas, hay que responder: la vida humana no es más que un conjunto de incoherencias.

El autor
Santiago de Cuba, abril de 1910

Primera parte

I

El verano del año 1862 se dejaba sentir en Santiago de Cuba de igual manera que los años anteriores. Corría el mes de junio, y el calor sofocante era el mismo, sin embargo, de las aguas de mayo, que habían sido abundantísimas, y a pesar de la sugestión del enfriamiento de la tierra, teoría en boga más que nunca en aquellos días. No se respiraba ni aun en las horas de la mañana; el calor pegajoso desesperaba hasta después del mediodía, mitigado un tanto a esa hora por la llegada de las leves brisas del mar.

Reclinada Santiago a las faldas de la Sierra Maestra, luce la perenne verdura tropical desde los más altos picos hasta las mismas orillas del mar Caribe que, con arrullo de quejumbrosa tórtola, viene a morir a sus pies. La hoya que principia en el sucio tarayó —especie de charca cenagosa en campo de esmeralda— y termina en la gentil Socapa —dique que contiene y se corona de espumas cuando en él se rompen y deshacen las olas del Atlántico, al llegar embravecidas— forma la preciosa bahía, cuyas aguas, siempre apacibles, se coloran con el intenso azul del cielo que las cubre.

No hay que buscar en la ciudad que fundó Diego Velázquez nada que se relacione con el arte. Constituyen la antiquísima población un conjunto de calles torcidas y de casas embadurnadas de colores chillones, y le da brillantez y alegría ese mismo montón abigarrado de casas que, alumbradas por un Sol primaveral, son un cambiante constante de tonos vivos en una paleta natural. Las empinadas cuestas están empedradas con guijarros, u ostentan el suelo tal como la naturaleza lo formara. Al lado de edificios en buen estado se ven otros en ruina. El polvo abunda en donde el lodo no cubre el pavimento en zanjas más o menos profundas, y por encima de los tejados grises, contrastando con el color oscuro de las tejas, se destaca el verdor de los árboles que se levantan en las distintas lomas en que está escalonada la vieja ciudad. Las torres de las diez iglesias, a mayor altura que los demás edificios, rompen la monotonía de tanta casa igual, y sirven de marco, por el Este, el Hospital Militar y la iglesia de Santa Ana, destacados en el fondo por el Ermitaño y la Gran Piedra cerrando el horizonte; y por el Sur, concluyendo en la batería de Punta Blanca, lleva su cuesta, hasta el mar, el barrio del Tivolí, que, semejante a una fortaleza, domina el arrabal de los pescadores.

No nos ocupemos más en ella, y descendamos al solar que a mediados del siglo pasado ocupaba el convento y hospital de los padres belemitas, y en el cual lugar se alza el único mercado de la arzobispal ciudad.

Allí, un niño y una niña, acompañados por una criada, se detuvieron delante de una negra vendedora, y cruzándose de brazos el niño, dijo dirigiéndose a ella:

—Bendición, *Dá*.

—Dio te bendiga, *mijo*.

Y acompañando la acción a la palabra, se vio un brazo flaco y negro bendecir, haciendo en el aire el signo de la cruz, a la cabecita rubia y de faz sonrosada.

La negra, de pie, junto a un tablero de hortalizas, irguiéndose cuanto se lo permitía una vejez prematura, debida más a las fatigas que a los años, contempló vanidosa la carita del alegre niño que la miraba sonriendo.

Relucían como brillantes azabaches, en aquella cara arrugada y de piel renegrida, unos ojos de mirada vivaz, y tan llenos de satisfacción, que al dirigirse al niño parecían envolverle en una aureola de amor y protección. Volvióse a las compañeras más cercanas, y díjoles con un tono henchido de orgullo:

—*Mijo* Pablito —y colocando suavemente la mano derecha sobre el hombro de Pablito, le preguntó cariñosa—: ¿Cómo *etá mijo*?

La negra Susana era más bien alta que baja, y, a pesar de sus cincuenta y seis años ya cumplidos, hubiérase conservado fuerte y robusta, si el dolor por la muerte sucesiva de sus cuatro hijos no la hubiese doblegado y encanecido. Cuando pensó descansar, tuvo que continuar en la tenaz lucha por la vida, las noches las perdía velando a sus enfermos.

Mi señora la Caridad no atendió sus oraciones ni promesas, y, sola, concentró toda la pasión de su alma africana en *mi su amito*, su hijo Pablito, que había compartido con el último de sus hijos la leche de sus pechos.

En pago de este servicio, sus amos le dieron la libertad, y Pablito un cariño sincero y el nombre de *Dá*, en vez del de Susana, apenas comenzó a balbucear.

Vestía de listado azul, y cubríale la cabeza, atado formando *tiñón*, un pañuelo de madrás morado en tanto que otro de la misma clase y color semicubría sus espaldas, dejando ver el cuello adornado de grueso collar de azabache; dos aretes de oro, medias lunas forradas de seda negra, pendían de sus orejas.

Desde que fue libre, dedicóse a la reventa de hortalizas, y cada madrugada, apenas el *Avemaría* de las iglesias de San Francisco o de Santo Tomás le avisaba la proximidad del día, se levantaba afanosa, arreglaba su tablero, y se encaminaba diligente al mercado de Concha.

A la luz de una vela de sebo que ardía dentro de un farolito de hoja de lata, arreglaba, sobre dos o tres sacos tendidos en el piso de la nave que mira a la calle de la Marina, boniatos, yucas y plátanos; alguna calabaza se agregaba de vez en vez a esas viandas, lo mismo que mazorcas de maíz tierno, manojos de *afioses*, y casi siempre, junto a unos macitos de cebollín, dos o tres paquetes de *yerba-mora*, de la cual legumbre parecía ser ella la acaparadora.

—¿Sabes, *Dá*, que pronto me voy a ir a Francia?

—Que *Dio* y María Santísima te acompañen, *mijo* —le contestó la nodriza, y pareció brillar una lágrima en los ojos de Susana.

—Magdalena se queda; pero no es tan pronto; ya te avisaré; todavía pasará algún tiempo.

El niño Pablito entraba en sus catorce años, y Magdalena, su hermanita, corría sobre los doce. Acompañados por Juliana, la criada de mano encargada de asearlos y llevarlos a paseo cuando no salían con sus padres, llegaban aquella mañana al mercado, lugar de su predilección, teatro para ellos de diversión y alegría.

El mercado de Concha tiene su frente al nivel de la calle del Hospital, y concluye por el fondo en una balaustrada de hierro, desde la cual se dominan toda la parte baja de la población y la pintoresca bahía. Una torre de madera sostiene un reloj que, a veces, marcha, pero sin señalar jamás con fidelidad hora ninguna; y es al mismo tiempo portada de una escalera de ladrillos, gastada por el uso y que conduce a la plaza del Comercio, sentina de las tiendas y del público que acude al mercado.

Desde el Avemaría hasta las diez de la mañana, la plaza del mercado es un hervidero al que afluyen en tropel, además de los que van a sus quehaceres, un sin fin de habitantes de la ciudad. Aquello es centro de reunión del empleado en espera de la hora de la oficina; del estudiante desaplicado que pierde el tiempo tratando de retardar la entrada en clase; allí se encuentran y se citan el enamorado trasnochador y la dulcinea, y allí el viejo sátiro tras la negra de buenas carnes o la fanfarrona mulata que, retozona y alegre, se ríe, hostiga, rechaza, acepta y se venga, con condiciones ventajosas, del blanco que la busca con sus requiebros. Allí también los jovencitos desocupados, tenorios en ciernes, matando las horas con pellizcos y charla a las criaditas «que van subiendo» terreno fértil para futuras conquistas, invitándolas a bailes y halagándolas con regalitos.

Las ocho de la mañana era el momento crítico en el mercado. El ruido en ese momento alcanzaba siempre su apogeo. Con el grito de la verdulera llamando al *marchante*, cruzábase la chillona voz del *chauchau* pregonando el arroz. Al golpe del calabozo del carnicero sobre el tajo, al expender su mercancía, se escuchaba la comadrería de criadas desguazando a sus amos; y con el adiós, mi china, del pisaverde, se oyen perrerías de celosas que se insultan, e injurias e insolencias; el vocabulario *placeril de sonsacadora de marío*, *lechuza*, *pelleja*, alterna con el crujir de vestidos sacudidos con fuerza en son de desafío y con un *ichiá!* lanzado por labios apretados y despreciativos de gente baja e insolente. Contrastando con la algarabía, en medio de ese conjunto de abigarrada multitud, como nota saliente, destacándose de entre ella de momento en momento, burlándose de todo, va la *pecadora* favorita del día, contoneándose desvergonzadamente: una mujer de piel bronceada, de ojos negrísimos, de traje de colores vivos y de larga cola que barre el suelo.

Ciñe la cabeza un pañuelo de seda de brillantes colores, atado con estudiada coquetería, dejando asomar como diadema el semilacio cabello, y así parece más retadora.

Va a su paso repartiendo sonrisas y miradas que enloquecen; sus movimientos van marcando la voluptuosidad de sus formas, y con voz dulcísima y picaresca se dirige maliciosamente a viejos y a jóvenes entonando en son de desafío o de reclamo este cantar zalamero:

> Mi mulata me tiene a mí
> echando sangre por la *narí*.

El ruido ensordecedor de la muchedumbre tuvo repentinamente como un compás de espera, y luego hubo carreras, silbidos e improperios. Un negrito, casi de la edad de Pablito, sale corriendo desesperado; detrás de él, jadeante, va un hombre enteco, vestido de blanco, con sombrero de *jipijapa* y machete a la cintura; luego, tras de ellos, unos cuantos más, alborotando.

Divisar el negrito a Pablito, lanzarse hacia él, como en busca de amparo, postrarse a sus pies y agarrarse a sus piernas, fue cosa de un instante; y allí, arrastrándose suplicante y lloroso, exclamó temblando:

—¡Sálveme, mi amo Pablito; me van a matar!

II

La esclavitud era una cosa natural.

El desarrollo relativo de la industria, el movimiento comercial enviando a lejanas tierras café y azúcar, la alegría de las gentes, la paz octaviana que reinaba en el país, eran los brillantes andrajos con que la Isla de Cuba encubría la lepra social en que estaba asentada su prosperidad.

—¡Juan!

—¡Mi amo Pablito!

—¡Ah, pícaro, no te escaparás!

Y el corro de placeros y curiosos rodeó como una muralla humana a perseguido y perseguidor.

López, el comisionado por los amos, y autorizado por el gobierno, para aprehender a los esclavos *cimarrones*, era un hombre tostado por el Sol, de nervios de acero, bigote áspero y algo canoso, y que luciendo al cinto la empuñadura de plata del largo machete *guanabacoa* y el abultado revólver de siete tiros, era el terror de los esclavos.

—¡No lo estropee! —le rogó Pablito, al notar el brusco ademán de López para apoderarse del negrito.

—No tenga cuidado, niño. Este pícaro...

Y en tanto que con suma ligereza desalaba una cuerda e iba asegurando con ella al preso, con gran contentamiento de los que lo miraban, fue explicando a Pablito que el negro era cimarrón desde unos quince días, que era una captura muy recomendada y bien pagada, que era un sinvergüenza, muy refalsado y un mal negro; y que en vez de agradecer a su amo el haberle puesto a oficio, era atrevido, respondón, y ahora, por último, cimarrón. Que ahora los negros, de un tiempo a esta parte, iban galleando demasiado, y era preciso meterlos en cintura; que con cachorros como éste era con los que él quería tener que habérselas, para doblarles el cogote; y que ahora... mismo lo iba a llevar a casa del maestro zapatero Rodríguez, donde quedaría bajo llave, bien asegurado, hasta que lo mandara a buscar su amo para llevarlo al cafetal, en el que recibiría un buen merecido boca abajo, que no bajaría de cincuenta. Y alzando violentamente del suelo al negrito Juan, le pegó rudo empellón, y con un —¡arre pá alante, sinvergüenza!— acompañado de sucio terno, echó a andar calle de la Marina arriba, hacia la Plaza de Armas, llevando al preso por delante, entre las vociferaciones de una turbamulta

22

consciente, que les seguía con una grita de blanquitos, negritos y zambitos, cantando el estribillo de «Cimarrón que huya, dale cabuya».

Pablito no sabía lo que le pasaba; Magdalena lloraba. Disipada la multitud, volvió el interrumpido bullicio, indiferente a un suceso tan común. Viendo Susana el abatimiento de sus amitos, trató de distraerlos, diciéndoles:

—No hagan caso, niños. Juan es malo y...

—No, *Dá* —respondió Pablito rebelándose de pronto.

—Esa gente no es buena. Juan juega conmigo todas las noches y para esto tenía que huirse —y tras corta reflexión agregó—: Se lo voy a decir a papá ahora mismo; ven, Magdalena.

El alma cándida del adolescente rompía con los moldes, incomprensibles aún para él, del medio en que vivía. En un instante dado se desarrolla un carácter, y por esto, ante el amiguito y compañero preso, como si se revelara en él algo extraordinario y desconocido, añadió:

—¡Vamos, Juliana, vamos primero con Juan! —y emprendió la marcha calle arriba.

Subíanle como oleadas de sangre que, al ruborizarle, le enfurecían. Al palidecer, sentía la cólera convertirse en odio. Impotente por su edad, pensaba en su padre, poderoso para él, y en cuyas manos creía que existía poder ilimitado para todo. No alcanzaba a adivinar lo que había de sucederle a Juan, y aunque oyó desde la niñez las palabras grillos, azotes, ventas, hasta entonces habían sido voces vanas sin sentido, jamás traducidas ante su vista: el esclavito atropellado le descorría el velo de un horrible misterio. Apretaba los puños y llevaba a rastras a la Juliana y a Magdalena; podía asegurarse que en su precipitación no veía por dónde andaba, tan turbado iba; al doblar la esquina del Palacio, para tomar la calle de Santo Tomás, donde vivía el maestro Miguel, resbaló y cayó, y más adelante, frente a la iglesia del Carmen, estuvo a punto de ser estropeado por un caballo; era un soldado en sus primeros fuegos; sus alientos de hombre nacían a la primera injusticia.

Miguel Rodríguez, el zapatero, era un buen gallego que desde muy joven había venido a Cuba en busca de fortuna. Ya viejo, no pensaba abandonar la tierra que le daba con qué vivir. Ocupado constantemente en su oficio, no tuvo tiempo, o quizás faltóle ocasión, para crear una familia; todo su afán se reducía a dejar satisfechos a sus parroquianos y a sacar buenos oficiales. Nadie como él sabía cortar y preparar un par de zapatos bajos de lustrillo, los de última moda, y por este motivo era el maestro Miguel el preferido por la juventud elegante.

De carácter pacífico, jamás tuvo choque con nadie; pagaba puntualmente sus deudas, conducta que con él no observaba toda la clientela, de tal modo que, después de más de cuarenta años de ejercer el oficio, se encontraba en la misma situación que en el primer día en que comenzó: un taller pobre, comer de fonda por 12 pesos al mes, y pudiendo escasamente remitir a España, a su familia, unos 20 pesos por trimestre.

Su zapatería no lucía ni siquiera rótulo; la casa era vieja y tenía dos grandes ventanas de balaustres de madera y una puerta con el tipo de las de cochera. Cuatro sillas de cuero, un pedazo de escaparate con vidriera, un mostrador de cedro, una porción de hormas, un pedazo de alfombra usado, desgastado, y en las paredes, pendientes de clavos, unos cuantos moldes de papel y de cartón, era todo el ajuar de la famosa zapatería. Hacía mucho tiempo que no se habían blanqueado las paredes; del techo colgaban telarañas, y el piso estaba embaldosado con ladrillos grandes y rotos por el constante uso; no se veía ninguna máquina de coser: la rutina rechazaba esas cosas. El maestro Miguel, con un ¡ejém! fijo en cada frase, decía «que las máquinas solo servían para hacer malas obras y... malos operarios».

Cuando llegó Pablito, encontró la casa tranquila y al maestro en su trabajo; al preguntarle por el negrito Juan, le contestó Miguel, con su bondadosa sonrisa, que acababan de traérselo, y que lo tenía encerrado en un cuarto del patio, para que no volviera a escaparse, y adivinando lo que de él se quería, agregó:

—Es un negrito malo, malo, malo... —continuó repitiendo «malo», como hablando consigo mismo; y levantando la cabeza, fija la mirada en Pablito, agarrando con ambos pulgares e índices la pretina del pantalón, añadió con su hablar pausado—: ¡Ejém! yo no quiero responsabilidades, ¡ejém! ¡Usted comprenderá, señorito, que en esto debo lavarme las manos! Caramba, ¡es cuestión muy delicada, ejém! Su amo musié Bonneau no bromea, y... además, es marchante de primera. No, no —continuó, moviendo la cabeza—; aquí tengo justamente su carta: escuche, niño.

Calóse unos espejuelos de armadura de plata, y leyó:

—«...pague al comisionado generosamente y asegúrelo bien; el sábado irá mi arriero por él; le recomiendo que no se escape el bribón; lo hago a usted responsable...» Ejém, iya usted ve, señorito; responsable, eh! Yo no puedo hacer nada en su servicio; yo no quiero meterme en nada, caramba. iNada, me lavo las manos, me las lavo... ejém!

Estábase Pablito callado como atontado, sintiendo que se le anudaba la garganta. En su cerebro se estereotipaban, en imágenes agrupadas, todos los recuerdos de su compañerismo con Juan; las veces que le había cargado «a caballito»; él le había enseñado a manejar el cometón; con él partía sus dulces; niños los dos, no habían experimentado todavía los efectos de las preocupaciones sociales, no habían surgido las diferencias de color; eran dos amigos, el uno en la escuela, el otro en el oficio. iCuántos y cuántos domingos, con permiso de Miguel Rodríguez, agregados al vecinito de al lado, habían ido a San Pedrito, a pegar pajarillos! Juan era el que ayudaba a cargar las jaulas, y corría a traer el pájaro que caía en la trampa. Ahora le amenazaban los tormentos que, inconsciente, tantas veces había escuchado relatar a los esclavos de su casa, cuando hablaban de los ajenos: los azotes hasta brotar sangre, la cadena al pie, la túnica de coleta, la cabeza rapada, el aguardiente con sal, el cepo; y veía a Juan desangrándose, tendiéndole los brazos y pidiendo perdón.

La voz de Juliana le arrancó de su ensimismamiento:

—Vamos, mi amo Pablito: ya ve su *mersé* lo que yo le decía: Juan es un sinvergüenza y...

—Tienes razón —balbuceó Pablito interrumpiéndola—. Adiós, maestro Miguel —y añadiendo para sí un —iNadie me entiende!— salió violentamente de la tienda.

Magdalena no había proferido una sola palabra: era muy niña aún; restregábase los ojos, y abriéndolos desmesuradamente, miraba a Pablito tratando de adivinar lo que no era dable comprender, y al verlo marchar, salió rápidamente en su seguimiento, en tanto que Juliana, tras de ellos, muy afanosa, llevándose las manos a la cabeza iba murmurando en alta voz:

—iQué muchachos, *Dió mío*!

III

Pablo Delamour y Chauvín era hijo de padres franceses, emigrados de la vecina isla de Santo Domingo en 1803. Allá resistieron los embates del infortunio, hasta que, arrollados por la revolución triunfante, abandonaron la colonia francesa, viniendo a estas playas con los últimos soldados de Leclerc. El cañón de Desalines, al rasgar el pabellón de Napoleón el Grande, borraba al mismo tiempo con la pólvora el nombre de la patria esclava: Santo Domingo volvió a ser Haití: se acostó colonia y despertó nación.

Como los judíos, lloraron los desperdigados habitantes su Jerusalén perdida, y lloráronla doblemente, porque no guardaba el alma esperanza alguna en un Dios, de devolverles en lo porvenir el perdido paraíso.

Trajeron consigo lo que no podía arrebatárseles: inteligencia y cultura; y en el fondo, lo que sobrenadaba a pesar de sus sentimientos realistas: la idea de la libertad que los soldados del 93 iban esparciendo por la tierra, escribiéndola con sangre en cada parcela de tierra que pisaban.

Nuestra ciudad era entonces un lugarón, más lugarón que hoy. Los franceses, habituados a las comodidades de la vida, instruidos, sociables y cultos, notaron que aquí no había ciertas condiciones de vida, y diéronse a crearlo todo. Afanáronse porque en la nueva patria hubiese lo que habían tenido que abandonar en la antigua, y entonces Santiago de Cuba nació a una vida desconocida para ella.

La calle del Gallo fue su *Grand Rue*; junto a la iglesia del Cristo se fundó el Lafayette; la calle de la Palma fue el centro de la aristocracia; llamaron *le Tivolí* al cerro empinado que aun conserva ese nombre; edificaron un teatro; y nuestros campos vírgenes y sin aprovechamiento se cruzaron con caminos; brotaron el cafeto y el cacao, cuyos frutos, conocidos solo de nombre, se adaptaron por completo a nuestro clima; palacios fueron los cafetales; los secaderos y acueductos recordaron las obras de los antiguos romanos, y muchas comarcas, sin nombre hasta entonces, se fraccionaron, reproduciendo con *Saint Domingue*, *Tigoave*, *la Mole*, *Riviere*, *Saint Nicolás*, etc., aquellos lugares donde nacieron y crecieron ellos con sus afecciones y sus dolores. Por vez primera la Santa Marsellesa resonó en la isla de Cuba, y por vez primera cruzaron, envueltos en la brisa, con el canto guerrero, alientos de otro mundo, afán por otro estado, aspiración a un ideal dormido en el fondo de una esperanza.

La Fortuné era el cafetal fomentado por los padres de Pablo, y de quienes él lo heredó. Casó con Margarita Ferrier, también del mismo origen, y del matrimonio nacieron Pablito y Magdalena. Su residencia habitual era el campo. Encontrábase de tránsito en la ciudad, por haber venido a las fiestas religiosas de la Semana Santa. En la población no tenían casa puesta; se hospedaban en la de antiguos e íntimos amigos, cuando venían en ocasiones tan señaladas como las de Semana Santa y *los mamarrachos*.

Delamour era un perfecto caballero que frisaba en los cincuenta años, de barba canosa, y en cuyo rostro, de formas regulares, piel muy blanca y gran dulzura, se veían huellas de oculto sufrimiento: en sus ojos casi azules leíase la bondad de su alma. Educóse en el Liceo de Burdeos; era instruidísimo, y no obtuvo el título de ingeniero civil por uno de esos caprichos de la juventud que en un momento de locura, tras una pasión, hacen perder un porvenir. De regreso a Cuba, dedicóse con afán al cultivo de su hacienda, y los sentimientos y las ideas de la Europa liberal tuvieron que esconderse y amoldarse a la manera de ser del país en que residía. Decíase que se había batido, en 1843, en las barricadas de París; no pudiendo romper con la esclavitud, trató, por lo menos, de aliviar la suerte de sus esclavos: sus negros eran obreros; con facilidad se libertaban con el producto de sus conucos, y muchos había que le debían aún algunos pesos a cuenta de la libertad comprada. Cuando bajaba a la ciudad, le llovían encargos; unos le daban dinero, otros se lo prometían para la vuelta, y éstos, por lo general, saldaban sus cuentas con un hermoso ñame de Guinea, alguna gallina escogida, con una jilguera colmada de huevos, o, lo que es mejor con halagadoras promesas, que olvidaban pronto lo mismo el amo que el criado.

—No me cogerán más —les decía a regañadientes, sonriendo.

—Sí, mi amo —le contestaban en francés criollo haciendo una genuflexión. Le conocían perfectamente, y su inagotable bondad le valía en el próximo viaje la repetición de la misma escena, con las mismas peripecias.

Margarita era trigueña, delgada, y tenía pintada en el semblante cierta dureza que se mitigaba con la sonrisa de unos labios sumamente delgados. La impresión desagradable desaparecía al oírla hablar, por ser su conversación culta, su voz suave y sus maneras afables. Sus ojos eran pequeños y negros, y el cabello, del mismo color, se conservaba perfectamente alisado, no dejando percibir una sola hebra en desorden. Llevaba la pulcritud hasta la exageración, armonizándola con sus maneras y con su traje. Vestía ordinariamente blanca bata de batista bien almidonada, que mudaba todas las tardes. Ceremoniosa en extremo, llevaba las formas sociales a una urbanidad intransigente de que no prescindía con nadie; sus frases eran correctas, y usaba su habitual cortesía aun al hablar con su marido y con sus hijos. Subscriptos al *Courrier des Etats Unis*, había devorado los folletines de la *Semaine Littéraire*, y eran su delirio *La Dame de Monsoreau*, *Le Chevalier de Maison Rouge*, *Amaury* y toda esa colección del romanticismo francés, cuyos dioses principales son Dumas, Sue, Soulié, George Sand. Jamás leyó una obra escrita en español.

—No tienen gracia —decía con especial donaire y con cierto retintín irónico.

Esas lecturas influyeron seguramente, desde la primera juventud de ella, en su carácter, y vivía llena de ilusiones y fantasías, viviendo dentro de su imaginación como cualquiera de las heroínas de aquellas novelas. Adquirió con ello cierta pedantería natural, que se le toleraba; buena en el fondo, no lo parecía por la vanidad de no querer parecer débil, y al dar una orden lo hacía con algo de imperio y aire tiránico; se la respetaba, pero no se la quería de veras. Al verla, no se hubiera dicho que adoraba a su familia, y si así era, no lo parecía, por el estilo adoptado de: «¡Caballero!», «¡Señorito!», «¡Señorita!», títulos que no les escatimaba jamás cada vez que les dirigía la palabra. Su manía era que *el respeto de las gentes debe conservarse en «touts lieux»*, y en esto no transigía con nada.

Este siglo no era el suyo. Las conquistas morales de la civilización eran para ella desquiciamiento del pasado, y no mejoramiento. Tenía, quizás, un solo y grave defecto: el orgullo de raza. Consideraba justo que los negros fuesen esclavos, y ni siquiera cruzó por su cerebro, alguna vez, duda ninguna sobre esa iniquidad. Los tenía por muy inferiores: habían venido al mundo para eso. «¡Esos negros!», decía con tono despreciativo; y éstos, enajenado todo cariño, temblando ante ella, le daban el nombre de *Madama Rabieta*. Investigando el origen de su odio a la raza esclava, quizás podría hallársele en su árbol genealógico: el tener tal vez en las venas algunos glóbulos de sangre africana.

—¡Margarita! ¡Margarita! —le interrumpía Delamour a veces a sus regaños.

—¡Déjeme usted, caballero! esto es de mi incumbencia —y Pablo cedía, para no dar ante sus hijos el espectáculo de una riña. Por lo demás, teníale verdadero cariño y aunque errada en sus apreciaciones había en ella la idea de prosperidad para los suyos.

Sumamente devota, libre de sus quehaceres, después de almorzar encerrábase en su aposento, malgastando las horas en rezar novenas y trisagios, ante un altarito alumbrado perpetuamente por una candileja. Esto era cotidiana obligación que se le hacía ineludible, y junto a sus novelas se veían en montón las novenas de San José, la Caridad, las Siete llagas, en raro contraste y extraña comadrería. Esas novenas eran su única lectura en castellano, y esto quizás por ser preocupaciones de un culto del cual era fanática, y no tenerlas escritas en más lengua que la castellana.

En sus reuniones tomaba parte muy principal, y sostenía valientemente las ideas adquiridas, elevando a grande altura a la sociedad francesa y a los cortesanos de la época de María Antonieta, y deplorando con lágrimas su triste fin. Para la revolución haitiana reservaba todas las diatribas, y a veces se la atraía a ese tema de conversación, para escuchar de sus labios la frase, considerada por ella como la mayor de las injurias, y que lo era en efecto al proferirla su boca con un desdén y una gracia especial de asco: *¡Cochón Dessalines!*[1]

Margarita se había hecho cargo de la educación de sus hijos, y un profesor, con residencia fija en la hacienda *La Fortuné*, los instruía en la lengua francesa, siguiendo los cursos prescriptos en la (Escuela de Saint Denis) de París. Gramática castellana solo se les enseñaba al dictado, y esto tres veces por semana. «Ya aprenderán el castellano oyéndolo», había aseverado Margarita, y su opinión tenía que ser respetada, pues esa era, además, la costumbre seguida por todos los hacendados cafetalistas que, nacidos en Cuba, al preguntarles su nacionalidad, decían:

—Soy francés.

El esclavo, identificado con el amo, contestaba también como un eco la misma frase, en su jerigonza, o francés criollo, mezcla de francés, español y dialectos africanos:

---

1   ¡Puerco Dessalines!, epíteto lanzado al general Dessalines, abarcando a todos los revolucionarios haitianos.

—Mué fransé.

Muchos de ellos entendían el castellano, pero no lo hablaban.

Pablito y Magdalena, al pedir la bendición a su madre, le besaban la mano; al pedirla a su padre, se echaban en sus brazos. Esta diferencia de cariño no producía celos en la madre: tenía una opinión formada respecto de ello.

—Pablo no sabe criar a sus hijos —decía. En ella existía la hipocresía del amor; manifestarlo habría sido por su parte una debilidad.

Cuando llegaron los niños a su casa con Juliana, encontraron en ella el arria de la hacienda y los caballos, para marchar todos al día siguiente; a la madre dando disposiciones y arreglando las maletas; al padre escribiendo al almacén para pedir provisiones. Aprovechó Pablito, para acercarse a su padre y contarle todo lo pasado a Juan y suplicarle que remediase el mal, un momento en que se alejó Margarita, atenta a los preparativos del viaje.

Delamour no acostumbraba negar nada a su hijo, y en esto confiaba el adolescente; pero, a este relato, tomándole las manos y orgulloso de su buen corazón, le contestó con dulzura, dándole un beso en la frente:

—Hijo mío, no te ocupes en esto; no podemos hacer nada por Juan.

Sintió Pablito como si le faltara el aire: como tambaleándose se apartó de él y marchóse de la habitación, asiéndose de la puerta al salir. Magdalena, que estaba detrás, le siguió. ¡Su padre no podía nada! ¡Era esto incomprensible para ellos, para quienes era él un todopoderoso! Aquella impotencia los había anonadado.

No había reflexión posible en aquel instante para esos cerebros tan tiernos; fuéronse a un cuarto de trabajo, en el fondo del patio, y allí, sentados uno junto al otro, echáronse a llorar.

IV

Las montañas que al Este limitan el horizonte de la ciudad, la Sierra Maestra, después de besar las nubes con la cumbre de la Gran Piedra, van hacia el Sur a bañar sus faldas en las saladas aguas del mar, formando las costas acantiladas de Oriente. Cruzados los montes por caminos que fueron carreteros en zigzag, se podía llegar en carruaje a los pueblos de Ti-Arriba y Ramón de las Yaguas, que situados en el interior, en empinadas lomas, parecen así como aislados del resto de la isla. El camino que se dirige a ellos varía de nombre, según los trayectos, y se llama del Caney, desde la ciudad hasta llegar a ese pueblo; luego toma por el de Escandell, desde el Caney hasta llegar a la meseta en donde está situada la tienda del viejo catalán Escandell, y en el cual lugar se bifurca en dos sendas que conducen: la de la izquierda a Ti-Arriba, y la derecha al Ramón.

Un poco más allá una vecindad de cafetales componían la zona conocida por el partido de la Amistad. *La Sidonie*, propiedad de Monsieur Jean Pierre Bonneau, y *La Fortuné*, lindando ambos entre sí, eran los que en el partido tenían mayor importancia. *La Sidonie*, de tierra accidentada, dominaba a *La Fortuné*: éste, más en el valle, poseía terrenos menos escarpados: los dos cafetales tenían renombre de bellos y productivos.

La Sidonie debía su importancia a su dueño, Jean Pierre Bonneau, a cuyas manos pasó, casi en ruinas, de las del primitivo poseedor. Edificado en una pendiente con el fin de poder aprovechar la caída de las aguas de un manantial, parecía una fortaleza vista de lejos, por tener sus secaderos escalonados y amurallados. La casa, toda de cedro y sin revoque ninguno, ostentaba el color de la madera: esta desnudez le imprimía cierto sello un tanto lóbrego; ancha, espaciosa y rodeada de corredores, la pieza principal servía de sala y comedor a la vez; a ambos lados se extendían una serie de aposentos, utilizados frecuentemente para brindar albergue a huéspedes y transeúntes, y junto a los corredores, arriates de ladrillos, con diversidad de plantas y de flores, sombreaban la casa.

Jean Pierre Bonneau era uno de esos aventureros del trabajo que la Europa lanza periódicamente de su seno, hidrópico de hombres, como arroja un volcán la ardiente lava de sus entrañas. Los bearneses son para la Francia lo que los catalanes para España; desde muy temprano abandonan el hogar y van a posesionarse de los campos de las Antillas, en tanto que los últimos se posesionan de la ciudad. Así llegó a Cuba Monsieur Jean, se colocó inmediatamente, con bajo sueldo, en la hacienda de un compatriota, aprendió el oficio pronto, economizó mucho, dejó sus sueldos acumulados en la casa refaccionista, y ayudado por ésta, a su vez, compró *La Sidonie*, venida a menos por impericia del dueño. Aquí muda de faz su existencia; trabaja incansablemente, gobierna con mano de hierro a sus esclavos, triplica el capital, se enriquece, y tanto por utilidad como por economía, siente que ha menester de alguien que comparta con él la existencia y que cuide de la casa en tanto que él esté fuera: la necesidad de la mujer se impone, y, hombre que no vacila, y de resoluciones rápidas, lleva inmediatamente a la práctica la idea concebida: *Antoniá*, una de sus esclavas, negra rayana en los cuarenta, de moles que bailotean al andar, es la elegida por el señor para su concubina, y, de la noche a la mañana, pasa la esclava del bohío a la casa de vivienda, con la categoría de sultana y el título y la autoridad de mayordoma: *menagére*.

Jean Pierre Bonneau, conservando las formas rudas que le dieron sus diversas transformaciones de trabajo, no pudo amoldar el cuerpo más que a sus ropas habituales: vestía a diario pantalón y camisa azules, faja colorada, zapatos de vaqueta y ancho sombrero de Panamá, para el campo. En la casa se variaba el sombrero por un gorro azul, sin visera; no usaba corbata, pero no le faltaba el aditamento de un ancho pañuelo de seda, de grandes cuadros de colores, con que adornaba su cuello, cuando no se refugiaba en sus bolsillos: de tiempo en tiempo se le veía con un revólver en el cinto, y un machete corto colgaba siempre del cinturón.

Hay que convenir en que era de clara inteligencia, y si bien sus modales y sus formas revelaban al hombre rudo, brutal, sin educación, sus obras indicaban al hombre que aprende a fuerza de lecturas, y llega a producir y a crear. Con orgullosa vanidad enseñaba a los que le visitaban lo que él llamaba sus inventos: la bomba que había perfeccionado para sacar agua de un pozo profundísimo; el reloj de pesas que, en tanto que señalaba las horas, marcaba los días y los meses en una cinta añadida al exterior; el molino de madera durísima para hacer chocolate; la escalera de caracol que conducía a la barbacoa, depósito del café; el plano inclinado para echar los sacos al arria, al ir a cargar; sus palanganas y fuentes de madera talladas con mucho arte; y lo mismo enseñaba los estantes de su biblioteca, construidos también por él mismo, y en donde se ostentaban novelas, varias obras científicas y una colección completa de la *Enciclopedia de Artes y Oficios*, de Roret.

Con sus ribetes de médico, como todo hacendado, era su ídolo Raspail, y su dotación era el campo de experimentación donde practicaba esa medicina: la última obra que daba calor a sus elucubraciones era las *Memorias de Simón*, el antiguo verdugo de París.

Jean Pierre Bonneau era el tipo original de dos contradicciones: esclavista, bárbaro con los negros, era materialista, ateo y revolucionario hasta la médula de los huesos; republicano *enragé*, se enfurecía con los Napoleones: «Asesinos de la República», decía, amenazando con el puño al enemigo imaginario; refinado sibarita, conocía el arte de Brillart-Savarín como el que más, y le gustaban el buen café y el mejor tabaco; recibía espléndidamente, no escatimaba nada para ello, y por este concepto se gloriaba de que su mesa y sus vinos tenían fama. No se sabía si tenía familia en Francia, pues ni escribía ni recibía cartas; amante del canto, lanzaba a voz en cuello canciones de Beranger y de otros, y también «La Bayamesa», con acento extranjero tal, que regocijaba el oírle; el *calembour* era su fuerte, y con esto y las *siete y media* pasaba largas veladas con algunos vecinos que se reunían en su casa para matar el tiempo. En la mesa de juego no podía faltar la correspondiente botella de coñac.

Cuando inquirían sus opiniones políticas, en una de las tantas acaloradas disputas con que concluían sus banquetes, daba un fuerte puñetazo en la mesa, y con voz estentórea, colérico, como si se pusieran en duda o no se hubiesen adivinado sus ideas, exclamaba:

—*¡Je suis sans culotte; je suis la canaille!*

Y, sin embargo, era el tirano de sus esclavos; aberración del sentido humano reproducida constantemente: el anarquista en Europa era esclavista en América; los efluvios salinos del Océano, como incrustándose en el individuo por el interés egoísta, formaban como una cubierta a las ideas de libertad: allá todo expansión y justicia, acá todo restricción y despotismo.

Serían sobre las dos de la tarde, y después de una corta siesta, paseábase por el corredor fumando una buena breva y distrayendo con bocanadas de humo la impaciencia febril y nerviosa que le desesperaba: esperaba el arria que había salido para Santiago la víspera por la madrugada. No se poseía aquel día, y sus órdenes imperiosas eran sazonadas con la palabra de

Cambronne y con ternos que hacían temblar hasta a la misma mayordoma, a pesar del predominio adquirido por ella sobre aquella naturaleza bravía; debían traerle al negrito Juan: no era posible que no hubiese sido aprehendido, y se irritaba más cuando alguna duda cruzaba su inquieta imaginación.

Aguzando el oído, detúvose de pronto, y prestó toda su atención a la brisa que a ráfagas llegaba a *La Sidonie*, y sonrió apretando los dientes. El viento le trajo el sonido de un cencerro, el de la guía, y después el grave del de *Mariposa*, la mula más galana de su arria.

Las notas graves intercaladas con las agudas fueron aumentando con esa armonía cadenciosa y acompasada que marca el andar pausado del mulo con su cara a cuestas. Hízose clara por fin la orquesta cencerril de los arrieros; la frase musical que marca el compás del trotar de la cabalgadura requirió toda su atención con la misma precipitación que en el camino cuando, al fallar una nota, despierta el arriero por serle indicio seguro, en noche oscura de que tal mulo se detiene o de que tal otro sigue senda equivocada.

Llegar el capataz arreando el arrenquín, tirarse al suelo, descubrirse, y presentar a *Mosié Jean Pierre* con un «Buenas tardes, mi amo» la cartera de hoja de lata en donde traía las cartas de Santiago, fue todo obra de un instante.

—¿Viene ese bribón? —fue la primera pregunta.

—Sí, mi amo.

—¡Ah! ¡papá! —exclamó gozoso con esa locución familiar, al oír la respuesta, deleitándose ya con la realización de su anhelo—. ¡José! ¡Simón! —gritó.

Volaron dos negros a la orden del amo.

—En cuanto llegue el bribón de Juan, traedlo acá. Descargar los mulos en el almacén: curar las mataduras y no perder tiempo: *¡ojo, compére!*[2]

Arrastrado por José y por Simón, llegó Juan, cayendo de rodillas ante su amo; contemplólo éste un instante sin decir una palabra, y de pronto, tendiendo el brazo, agarrólo fuertemente por una oreja, y de un tirón lo puso de pie: el buitre, seguro de su presa, se satisfacía en fascinar a la víctima.

—¡Bribón! ¡Ah, bribón! ¡Ya las pagarás todas juntas! —y apretando cada vez más fuerte, y contemplándolo de hito en hito—. ¡Ah, taitá!... ¡Simón, al

---

2   ¡Ojo, compadre!

cepo ese canalla! Mañana, al amanecer, pelarlo, veinticinco y los grillos. ¡Anda, sinvergüenza! —y al soltarlo, arrimó al negrito con aquellas manazas de huesos y nervios unas cuantas bofetadas que le echaron a rodar a distancia. Brotó sangre de sus labios y de sus narices; pero ni una lágrima salió de sus ojos.

—¡Perro, cachorro! ¡Ni llora! —añadió dirigiéndose a la mayordoma—. ¡Es un canalla! ¡Ya verá, ya verá, ya verá él mañana!...

Antoniá, reflejo de su amo, recalcó que era muy perro el negrito; que no había que guardarle ninguna consideración y que no se podía hacer favor a ningún negro. Y salió lo más naturalmente a continuar la cháchara con la cocinera y otra sirvienta, negras que aseveraban también, como ella, con gran fervor, sobre el mismo tema de que *no había nada más sinvergüenza que el negro.*

V

La campana de *La Sidonie* dio sus tres toques, apenas alboreaba. Resonó por cinco veces el chasquido del látigo del mayoral, y la negrada, sin un murmullo, fue a alinearse aceleradamente junto al octógono del molino de pilar café. Trajeron una escalera y la tendieron en el suelo. José y Simón aparecieron, trayendo a rastras a Juan. Un silencio sepulcral dejaba escuchar la respiración de los espectadores de la escena: ningún corazón palpitaba; era costumbre aquel acto, y la práctica no les emocionaba. Gruñía el cerdo en el corral, las gallinas cacareaban, y el gallo, alegre, saludaba la venida del Sol con su valiente canto. El pitirre, desde el vecino mango, enviaba a la compañera el aviso de que pronto llevaría alimento al amoroso nido, y el sinsonte entonaba trinos de amor al nuevo día. El mayoral tomaba tranquilamente, en el corredor de la casa, la taza de café, y recibía las últimas instrucciones para el trabajo, y que en vez de veinticinco le dieran a Juan ¡diez azotes! ¡era muy chiquito, y no había que inutilizarlo!

—¡Arriba! —gritó al presentarse en el sitio de la ejecución. Una negra vieja se acercó a Juan, sujeto por los dos capataces, y con brutalidad, mascullando reconvenciones y *¡buenísimos!* le rapó la cabeza; el negrito hizo un movimiento y brotó sangre de su cráneo; concluyó, y arrimóle un golpe con la tijera. Llevado a la escalera, quitáronle los calzones, y fue atado boca abajo; hubo un momento de espera: se aguardaba a ver si *Mosié Jean* acudía a presenciar el castigo.

Rompió entre nubes un rayo de Sol, enviando luz y colores a la atmósfera; el aire matinal cruzó resbalando sobre las verdes hojas como estremecimiento de cópula primaveral, e invadidos por la luz, se llenaron de encantos el monte, la llanura, la vivienda, la cuadra... la línea negra de los esclavos se coloreó de azul, los pañuelos de diversos colores lucieron en las cabezas desgreñadas; los collares de cuentas azules y rojas se destacaron sobre la piel negra de las hembras, en tanto que los varones, sombrero en mano, dejaron ver el color uniforme de la piel oscura con el amarillo sucio del traje de coleta.

El mayoral hizo una señal, y el brazo de Simón se alzó y se bajó con fuerza; cruzó un látigo el espacio y crujió sobre el cuerpo de Juan; hízose una pequeña línea blanquecina en el cuerpo de éste: se oyó un quejido interno; volvió el látigo a caer una y otra vez: a las líneas blanquecinas sucedieron las rojas; los quejidos fueron más fuertes y más profundos, algo que del pecho resonaba en los labios apretados, algo como desquiciamientos de montañas en profundidades de la tierra; el mayoral contaba: Uno, dos, tres, cuatro... apoyado en el puño del machete.

—¡Dos más a ese bribón!... —se escuchó. Jean Pierre había llegado. Redobló sus fuerzas Simón: el látigo, cual ser inteligente, describió curvas elípticas en el espacio, como sierpe que se goza en su obra y lame con lengua de fuego la carne humana; Simón se detuvo: los doce azotes se habían completado.

El látigo del mayoral chasqueó, la *jila* dio señales de vida; los negros se pusieron el sombrero, requirieron ellas los canastos, y todos tomaron, fraccionados en grupos por los capataces, charlando, riendo y cantando, el camino del trabajo.

Vertióse una botella de aguardiente sobre el cuerpo lacerado de Juan, lo que le produjo nuevos dolores; se le desató, se le ayudó a vestir, y se le ató el grillete.

—¡Vete a limpiar la caballeriza, bribón! —y torcido por el sufrimiento, tomó el camino que se le indicaba; Simón le echó una mirada de desprecio.

—¡Faltar a su amo! —dijo, y Simón era su tío.

Una bandada de choncholíes, retozando sobre el lomo de los caballos, los expurgaba de garrapatas, mezclando alegres notas con el natural desayuno, y tomando vuelo posáronse sobre el techo de la cuadra, enviando desde allí un conjunto de trinos y melodías. Enjugóse Juan apresuradamente dos lágrimas ardientes, y corrió desolado a desatar un caballo, al grito del amo:

—Animal, ¡ese caballo se va a lisiar!

—*Antoniá*, trae las cartas —y en ancho balance de caoba, con una silla al frente, donde tendió las piernas, púsose a recorrer de nuevo las cartas recibidas la víspera—. *Menagére*, ven acá, vamos a tener gran fiesta este año. Prepararse. Visitas de Cuba, que vienen a celebrar mi San Juan. ¿Cómo están las provisiones? ¿Hay de todo? Bueno. De Santiago vienen los dependientes del almacén, y alguno más que se agregará. Hay que invitar al capitán del partido, aunque ya vendría al olor de la comida, y los Rosignoles, un par de *burricos*; de la Mariana el padre y los dos hijos; ese viejo no ha podido hacer más que dos montunazos. Vendrá también el don Agustincito, el *sabijondo*, que por haberse criado en París nos viene con sus salones de París. ¡Jum!

¡quién sabe qué salones!... Las gentes de «La Clotilde», de «Sitges», de «La Idalie», el *cataloño* de «Villanueva». ¡Ah! también hay que avisar a *don Jaume*, de Ti-Arriba, pobre diablo que siempre sirve para ayudar y hacer reír... ¡Oh! ¡Oh! dejábamos lo principal —y quitándose la gorra saludó, irónica y ceremoniosamente, a un ser invisible: El *cabayerro de la ravine*,³ la *arristocracia* del partido, don Pablo de la, de las, de la Delamour de *La Fortuné*. Y echóse a reír con el mejor humor, tarareando:

> Quand la perdrix
> voit ses petits.⁴

—*¡Antoniá!* ¡la mañana! —y saboreó con deleite la copa de coñac que le presentó la mayordoma.

---

3   Valle, barranca.
4   Cuando la perdiz
     ve a sus pequeñuelos.

VI

El *San Juan* se había acercado con paso tardo para todos; en dueños y en esclavos hormigueaba la impaciencia por ese día, día que era de solaz para el hombre libre, de libertad para el esclavo. En *La Sidonie* duplicábase la expansión; además de los *mamarrachos*, celebrábase el Santo del amo. La severidad de Jean Pierre no consintió jamás en el desorden de Pablo Delamour que, a la súplica de algún negro viejo o de cuatro o seis negritas *flor*, permitía danzar hasta medianoche en la víspera de alguna fiesta solemne.

—¡Echa, a perder la negrada! —decía rencorosamente. Los días designados por el ritual de los hacendados para danzar, eran más que suficientes, y aun éstos, cercenándolos, según la conducta de la negrada: esa conducta era el trabajo, la labor incansable y sin más que un corto descanso y las fajinas extraordinarias sin el aguijón del castigo.

Desde el mediodía de la víspera suspendiéronse los trabajos en el campo, y trájose forraje en abundancia. Todo, desde aquel momento, fue movimiento y alborozo: el aspecto general, en dueño y en esclavos, era el de gentes completamente dichosas. La casa estaba aseada y con más orden de lo regular, aguardando a los huéspedes; las camas habían sido preparadas y vestidas de limpio; en la mesa una ancha bandeja, llena de copas y vasos, lucía al lado del amarillo licor Benedictine, con sus cambiantes de topacio, el *Eaux d'or* con sus pajuelas dormitando en el fondo de la botella para luego irradiar chispas en la copa del bebedor; allí se hallaban el coñac para los enemigos de lo dulce, y el ron para los incitados por lo más fuerte.

Habíase aumentado el servicio de la casa de vivienda con las más gallardas esclavitas alrededor de los quince, con traje nuevo, con el pañuelo más vistoso y el mejor collar; y allá, junto a la cocina, ahíta, como la despensa, de los productos más suculentos de la hacienda, despedazándose el gordo novillo que había de repartirse entre la dotación: ¡dos libras de ración de carne por San Juan, dos libras por Año Nuevo!

Jean Pierre vestía de limpio también; el machete dormía en un rincón, y el chaleco de piqué blanco, cubriendo una camisa muy almidonada, estaba cruzado por un cordón negro, sostén de la Savoneta de plata. Una corbata roja, atada por *Antoniá*, con ancho lazo y largas puntas, parecía un blanco colocado en aquel pecho robusto. Una levita de dril, de faldones cortos y botones de nácar, completaban el equipo para la solemnidad de aquella fiesta, aherrojando a su dueño de tal manera que, a intervalos, por falta de hábito, sentí la necesidad de absorber con fuerza cantidades de aire para ensanchar sus pulmones. Un bastón de bejuco matanegro,[5] barnizado y con los nudos carbonizados, era el entretenimiento de sus manos. Por aquel día deponía su habitual severidad, y una sonrisa de verdadera satisfacción aumentaba la alegría de los que le rodeaban, ávidos por la escasez de ella.

La ruidosa tumba y el áspero chasquear de las *maracas* repercutió durante toda la noche, cesando por la madrugada a la llegada del San Juan. Venía el obligado descanso, y el baile no se repetiría hasta la tarde. Durante la mañana fueron sucediéndose los regalos al amo: la cuelga.

—Mi amo Juan, aquí traigo este gallo *pá su mersé*.

—Este machito.

—Estos ñames.

—Estos huevos.

Regalos acogidos alegremente por Mr. Jean, al desfilar sus esclavos, con un:

—¡Bueno, Francisca!

—Está bien, Joaquín.

—¡Vaya! se conoce Antonio, que trabajas bien tu conuco.

—Vamos, *garçons, un petit coup*[6] —y escanciando ron, y dirigiendo la mirada a las hembras haciéndolas tomar una copa de licor, continuaba—. ¿Qué es eso, María Luisa? Ya es tiempo de que *tomes marido*. Petrona, y tú, Josefa, ¿todavía no hay nada ahí? —y con el índice les pinchaba el vientre, seguido de una franca risotada, a lo que respondían ellas, haciéndose las pudorosas, con un:

—No, mi amo —llevando al mismo tiempo el pañuelo a la boca, mordiendo una de sus puntas, y riéndose contentas.

Las madres también reían diciendo:

—«¡Ah! mi amo, qué malo *é su mersé*» —en tanto que los varones, haciendo girar el sombrero en las manos, satisfechos por la bondad accidental de su amo, olvidando los dolores de ayer, se alegraban ante aquella natural y

---

5   Matanero.

6   Muchachos, una copita, un trago.

cínica familiaridad, felices y orgullosos por las distinciones del amo, el Dios que se dignaba acercárseles.

—¡Ya viene la gente! —exclamaron unos negritos, corriendo presurosos hacia los jinetes que llegaban, anhelando hacerse cargo de alguna de las cabalgaduras, en espera de futura propina.

Con ruidosa alegría fueron acogidos los primeros huéspedes, sucediéndose, desde ese momento, otros y otros. Hubo después saludos, apretones de mano, frases de banales cumplimientos, atenciones a montón, subiendo de tono la conversación cuando la botella de coñac se hizo circular con el nombre de un aperitivo y la invitación de:

—¡Una mañana! —preparando el estómago para suculento desayuno.

—Aquí, señores, todo el mundo está en su casa: *liberté, egalité, fraternité* —gritó Jean Pierre, y las copas se entrechocaron produciendo la nota débil del cristal al juntarse, y fotografiándose en las pupilas la chispa de luz que en el fondo del licor resplandecía.

VII

El verdadero banquete estaba fijado para las cuatro de la tarde: Lúculo hubiera hecho honor al festín de *La Sidonie.*

Sucesivamente fueron llegando vecinos y convidados, y la sala y los corredores rebullían de gentes. Las bocanadas de humo de los fumadores, con sus espirales blanquecinas, daban color local a aquel concurso, animadísimo por el regocijo de los apetitos satisfechos.

La hora bochornosa del mediodía pesaba con el rigor de un Sol de junio, y la reverberación de los secaderos caldeaba el aire fresco que desde la arboleda venía hacia la casa.

No era todavía la hora de la brisa, que mitiga con su soplo apacible los efectos del calor. Las aves callaban casi sin aliento, colgaban mustias las hojas, y alzábase del suelo vapor caliginoso. La chicharra en el monte y el revolotear de algún moscardón, al pasar zumbando, hacían más visible el contraste de esa hora, siesta de la naturaleza.

—Mi amo, la *tumba* va a empezar.

—Bueno, que empiece; ya iremos allá.

La sala de trillar café se había convertido en salón de baile. Desmontadas las mesas de tijera, yacían recostadas a las paredes, y en ella también los bancos cuajados de mujeres. En una especie de tarima alta, se hallaban presidiendo *el rey y la reina*, corte elegida por los esclavos; un poco más a bajo *el bastonero*, director de las danzas; junto a ellos hombres y mujeres señalados con diversos títulos jerárquicos, y por el resto de la sala, bastante amplia, esparcida la dotación casi en su totalidad. Seis ventanas sin rejas y dos puertas abriéndose al exterior daban claridad al recinto. En un ángulo los músicos con sus *tumbas y chachás,*[7] la mayoría de las negras con *maracas*[8] de hoja de lata, llevando con ellas el compás de la música y del canto. Algunas pencas de palma, una bandera española y otra francesa, bastante desteñidas ambas, y varios farolitos con velas de cera amarilla, eran los adornos de aquel salón. El rey y la reina ocupaban sillas de cuero; el bastonero una de lo mismo pero más pequeña. Ensordecían las tumbas picadas por las duras manos del trabajo, y el eco de los parches, retumbando en la sala,

---

7   Tumbas y marugas.

8   Marugas.

enloquecía a aquellas gentes, fanáticas de la danza. El *chachá*, cuajado de mazos de cintas de diversos colores, vibraba frenéticamente en las manos de los acompañantes. Y el cantar monótono y lento de las negras llenaba de embriaguez a músicos y danzadores.

Rompía el *babul* con su cadencia, e inauguraba el baile la más gallarda de las negras jóvenes: se bailaba por amor al arte, y el compañero era un negro, ya de bastante edad, el mejor bailador de la hacienda.

Ella, alta y de facciones regulares, con la boca entreabierta por una sonrisa de vanidad satisfecha, lucía una dentadura simétrica y de perfecta blancura. La cabeza adornada con el indispensable tiñón de seda, erguida y un tanto echada hacia atrás, ostentaba ojos adormilados, lanzando a la redonda miradas preñadas de voluptuosa languidez; el pecho pronunciado y atrevido palpitaba fuertemente, como queriendo rasgar, con la dura morbidez de las carnes, el corpiño de batista, de algodón rosado, que comprimía el airoso seno, en tanto que la larga cola de la falda iba describiendo círculos, sujeta en parte por el brazo izquierdo con elegante dejadez. Tendida al galán la mano derecha, va asida por la punta de los dedos, destacándose el mórbido brazo adornado con un brazalete de oro donde brillan gruesas esmeraldas falsas; desafía con su altanera belleza y exagera a veces el cimbrar del talle, dejando adivinar, por el escultórico busto, descubierto casi por el escote, a una espléndida Venus africana, de sangre oriunda de los arenales de fuego, embellecida por selección en los pintorescos campos de Cuba.

Descalzos los pies, deslízanse por el tablado del piso, como si anduvieran con patines; en un instante retiénela el compañero en forzada tensión, obligándola a describir círculos y más círculos, e inclinándose de momento en momento, y pasando bajo el brazo de ella, como bajo galante arco triunfal, obtienen una ovación de los que les contemplan. Los *carriles* se repiten, y a un movimiento cadencioso e incitador de caderas, el delirio llega a su colmo: las *maracas* agítanse como enloquecidas o poseídas de furia; auméntase el repicar de las tumbas; la más anciana de las negras ata un pañuelo verde a una pantorrilla del bailador; un mozo introduce en la boca de la beldad un real de plata, y en tanto que espectadores de ambos sexos se disputan el limpiarles el sudor del rostro, el cantar agudo y delirante resuena con inusitado brío:

Blan la yó quí sotí en Frans, ¡oh, jelé!...
Yó prán *madam* yó serví sorellé...
Pú yó caresé negués...!⁹

Y vibra en los espacios la última sílaba, larga, prolongada, lastimera, sin tomarse aliento, como un ¡ay! que se va perdiendo en los espacios; imprecación del servilismo, protesta de impotencia y quejido de un rebaño de la humanidad. Ese cantar es el desahogo inocente y patético, a la vez, de la raza oprimida que con la letra en que se contiene la idea que zahiere se venga del amo, acompañando las notas musicales con un canto tristísimo de dolor infinito.

—*¡Masone!* —impuso el bastonero. El amo y las visitas hacían irrupción en la sala, y se indicaba la danza de honor para Jean Pierre y sus acompañantes.

Doce parejas con sus contorsiones y figuras, pasaron y repasaron, corrieron y se deslizaron, demostrando su habilidad de danzadores con movimientos y contoneos imposibles.

La atmósfera se hizo irrespirable: al calor y a la respiración anhelante de los actores se había agregado el vaho de los cuerpos sudorosos, y solo aquellos fanáticos bailadores podrían resistirlo, en el ambiente de aquel reducido local.

Jean Pierre dio la señal de huida: al volver tropezó su vista con el negrito Juan, apoyado en una puerta; su bilis aquietada fermentó de nuevo, y gritó furioso:

—¡Simón! *¡Sacré nom de chien!* ¡Al cepo ese bribón!

---

9   Traducción literal

Blancos esos que salen de Francia ¡oh, gritadlo!...
Toman a sus señoras para que sirvan de almohadas...
Para acariciar a las negras...!

...

Traducción libre
De Francia los blancos que vienen, ¡gritadlo, decidlo muy alto!
Con dueñas de haciendas se casan, ¡gritadlo, decidlo muy alto!
Pretexto que toman, usando sus lechos, ¡gritadlo, decidlo muy alto!
De nido de amores con negras queridas, ¡gritadlo, decidlo muy alto!

VIII

Eran las ocho de la noche.

Habíase hecho honor a la mesa de Jean Pierre, y la bulliciosa conversación lo atestiguaba a porfía. Sentados indistintamente, sin puesto de honor señalado, no cabían los comensales, cuyo número excedía al de los invitados. El anfitrión, a la cabecera, lo dirigía todo y multiplicaba las órdenes para el mejor servicio, ya encomiando platos, ya recomendando vinos, atento a que nada faltase.

La noche, escondiendo el verdor de los campos y la claridad del día, envolvía en su melancólico capuz los cielos y la tierra. Los cocuyos, en competencia con las estrellas, dejaban ver el fulgor de sus entrañas, describiendo trazos luminosos en la oscura atmósfera. La sala del baile despedía por puertas y ventanas una luz mortecina, en tanto que de la casa de vivienda brotaba a torrentes. De allá el retumbar de las *tumbas* y *maracas*, y el cantar incesante con el mismo tono lastimero; acá el hablar animado y sin concierto que, a impulsos del licor, demuestran los corazones su alegría, divagan los cerebros y muévense los labios sin interrupción.

Se estaba en los postres: ya las botellas de champaña detonaban, y las copas, derramando el espumoso licor, invitaban a más ruidosa alegría, cuando se adelantó a saludar a Jean Pierre su vecino Pablo Delamour.

Llegaba tarde, pero no era aquel el momento para reparar en pequeñeces ni acordarse de formas de cortesía.

—¡A buen tiempo! —exclamó desde su asiento Jean Pierre, tendiendo la mano al que avanzaba a felicitarle, y añadió—: Está usted en su casa, don Pablo; ocupe un lugar. *¡Antoniá!* una copa para don Pablo.

Comenzaban los brindis.

—Brindo, señores —dijo poniéndose de pie el capitán de partido—, brindo por el dueño de *La Sidonie*; brindo por el cafetal, brindo por la buena cosecha, y ¡brindo por la mayordomá!...

—¡Jip! ¡jip! ¡jip! ¡hurra! —contestó un semifrancés, seminorteamericano de Nueva Orleáns, levantando la copa y apurándola de un trago.

Inaugurados éstos, sucediéronse las felicitaciones consiguientes: se le deseó a Jean Pierre más vida que a Matusalén; muchos San Juanes como el del día de hoy; un capital de cien millones.

—¡*Santé et prosperité!*¹⁰ —exclamaron los franceses apurando la copa.

—¡A la salud de *Mosié Jean* —repetían los españoles menudeando champaña.

—¡Brindo yo! —se adelantó *don Jaume*, el de Ti-Arriba, alargando el brazo cuanto pudo y dejando asomar la risa a sus gruesos labios, satisfecho de lo que iba a decir.

—¡Bomba, por *don Jaume*, silencio!

—Amigos, a brindar conmigo por *musiú Jean*; brindo porque sus negras le paran muchos hijos que aumenten la *dotació*.

—¡Jip! ¡jip! ¡hurra! —y un aplauso atronador demostró la aquiescencia a lo dicho por *don Jaume*.

—¡Eh! ¡*don Jaume* —replicó Jean Pierre a carcajadas—, brindo! pero sin alusión, ¡eh! ¡no hijos de mis amigos!

—De todos, de todos —interrumpió la mayoría de la concurrencia, escandalizando con la broma.

—No: no me tiene cuenta, me perjudica: los libertan al nacer, y tengo que mantenerlos después: ¡el tipo amarillo es deficiente!

—Esta es una fiesta de caridad, el derecho es de todos y el beneficio es para *Mosié Jean*: con vida a los amigos y los productos son para él.

—*Mosié Jean* es demasiado liberal para no ser justo, y como no es egoísta, sus propiedades son de sus amigos.

—*Urbi et orbi*; ¡viva el comunismo!

—Orden, ¡orden!

—¡Diablo! solo admito, caramba, el acaparamiento momentáneo.

—¿Por un día o por una noche?

—Con excepciones, con excepciones, señores, con calma —interrumpió a tanta frase disparatada y más o menos picante *Mosié Jean*, viendo que se hacían guiños a una de las sirvientas, la más garrida.

—Un juez, un juez de valía que dirima la cuestión: el más serio! ¡Don Pablo, que diga don Pablo! —exclamaron levantando los brazos.

—¿Qué pasa, señores? —preguntó Delamour con su habitual dulzura.

---

10   ¡Salud y prosperidad!

—Necesitamos su opinión, don Pablo; ponga paz en esta torre de Babel. ¡Diga! ¿No es legal la esclavitud? ¿No es un derecho adquirido? ¿No es la raza negra la raza de Canaán maldita por Dios? ¿No es inferior a las demás?

Miróles dulcemente don Pablo, con una sonrisa forzada y enigmática, y contestóles como pesando cada palabra:

—Mi opinión franca y leal...

—Sí, sí...

—Coartar la libertad, es una falta; arrebatarla, es un crimen; ningún crimen puede ser justo, y, por lo tanto, no puede ser legal...

Un griterío furibundo ahogó la voz de don Pablo, que, encogiéndose de hombros, salió a los secaderos, donde continuó departiendo tranquilamente con el joven *sabijondo*, mientras que el hervidero de la casa de vivienda era una baraúnda insoportable.

—¡El *grrran* filósofo!... —masculló Jean Pierre recalcando con fuerza cada sílaba.

IX

Pablito Delamour había acompañado a su padre a *La Sidonie*. Apenas se desmontó del caballo, con su plan ya preconcebido, abandonó los alrededores de la casa de vivienda y fuese al baile. Poco le costó averiguar allí que Juan había sido azotado, puesto en el cepo, y, conocido el lugar, hacia allá se encaminó.

A continuación del almacén, y junto a la sala-enfermería, un cuartito servía de calabozo; la puerta tenía corrido el cerrojo y además echado un candado; tanto interior como exteriormente reinaba allí la mayor lobreguez; dos gateras junto al quicio de la puerta le permitieron dirigir una mirada hacia dentro; demasiado profunda la oscuridad, nada vio: púsose en cuclillas, arrimó la boca y llamó:

—¡Juan!

—¿Quién es? —le respondieron quedo.

—Juan, soy yo, Pablito.

—¡Ah! mi amo Pablito —se escuchó con un sollozo.

—¡Pobre Juan! Yo quise salvarte, y papá me dijo que no podía hacer nada. ¿Has visto qué cosa, Juan?

—Sí, mi amito; mi amo Pablo no podía hacer nada: era mi suerte; me han *pegao duro*, pero no *le dí guto* a mi amo: ¡no lloré!...

Siguió un instante de silencio, que fue interrumpido por Pablito.

—Mira, Juan; oye bien lo que te voy a decir. Lo que te está pasando me duele muchísimo. Tu amo te pegará a cada rato, y esto no puede ser. Quiero sacarte de aquí. Desde que subimos a *La Fortuné* estoy pensando en esto nada más; Magdalena me dice que sí, que lo haga. ¿Tú vas a hacer una cosa que te voy a aconsejar? ¿Tú eres guapo? ¿tú sabes el camino de Santiago?

—Sí, mi amito; diga su *mersé*.

—Pues bien; en cuanto acaben las fiestas, te soltarán otra vez; averigua si no te pondrán en el cepo por la noche, y si te ponen, aprovecha antes: en cuanto sea oscuro ¡húyete!, escóndete en el monte para que no te encuentren, y coge ligero el camino de Santiago; preséntate al síndico; no te quites los grillos; enséñale los *fuetazos*, y que te dé papel para venderte —y tras una corta pausa agregó—: ¡Yo haré que papá te compre!...

—¡Ah! ¡mi amito!... —y escuchóse el llorar del prisionero desahogando su corazón. Las lágrimas del uno y del otro corrieron a raudales, aliviándose así de su gran pesadumbre.

—No llores más, Juan —añadió Pablito dominándose—. Todo pasará. Quiero una cosa: ¿cómo sabré que has llegado a Santiago? —hubo un momento de pausa, interrumpido por el negrito.

—En cuanto me den papel, iré al almacén el día del arria de mi amo don Pablo, y le mandaré a su *mersé*, bien amarrado en un papel, un pedacito de güin, y con eso...

—Está bien, Juan... Cállate, viene gente; ya sabes; adiós; no te olvides...

—Adiós, mi amito...

Y Pablito se esquivó, ocultándose de la ronda de los *contras* satisfecho de la realización de su plan, llevado a cabo con tan buena suerte.

Reunióse con su padre, a quien halló paseando todavía, por uno de los secaderos, aguardando quizás a su hijo o filosofando a su manera.

A más y mejor continuaban en la casa de vivienda las discusiones convertidas en disputas. La noche avanzaba rápidamente, y algunos habían requerido ya sus cabalgaduras. Degenerado el banquete en orgía, necesario era abandonar el campo a aquellos a quienes pertenecía de hecho y de derecho; Pablo Delamour y su hijo no fueron de los últimos en dejar a los comensales alrededor de la mesa, empeñados en las acostumbradas e interminables disputas, excitados por Jean Pierre, si llegaban a sentir que les flaqueaban las fuerza, con —*¡Un petit coup!*— de Chartreuse o de *Benedectine*.

—*Mosié Jean.* Usted es duro como sus opiniones, y usted no transige nunca... *¡Pa vraie!*

—Transacción es debilidad —y la cabeza purpúrea de Jean Pierre se irguió—. No transijo; ¡ser o no ser! —y un fuerte puñetazo estremeció la mesa.

El capitán de partido, en quien el excesivo beber había ejercido el mismo efecto que en los demás, le replicó con sorna y con balbuceo de beodo:

—¡Oh! Ustedes los franceses se creen siempre muy superiores... y son... —y tarareó una canción— igualitos a sus santos...

—*¡Sacré nom de Dieu!* ¿qué dice usted, *musiú le capitán*?...

—¡Ja, ja! —y cabeceaba el capitán, llegando casi a besar la mesa con la frente—. Que... los franceses... son... son como sus santos: con los ojos claros y sin vista...

—¡Sacré nom d'espagnol...! —bufó *musiú* Bonneau.

Don Jaume, que hacía rato no sabía más que reír a fuerza de ebrio, manoteando la mesa, y limpiándose los ojos con el revés de las manos, al oír el —¡Sacré nom d'espagnol! —sintiéndose como aludido por el apóstrofe de Jean Pierre, púsose en pie tambaleando, y tomando con ambas manos un vaso lleno de vino servido al vecino de la derecha, trató de llevarlo a sus labios. Fuele esto imposible y derramósele el líquido por la pechera, salpicando el mantel y a los comensales más cercanos, quienes, al sentirse manchados, separaron violentamente las sillas y empujaron a don Jaume, que dio de narices contra la mesa, gritándole—: ¡Eh! ¡eh! ¡bárbaro! ¡bruto! Como si nada hubiese sucedido, apoyóse fuertemente en el más cercano, y señalando a monsieur Bonneau, entonó desabridamente, con la media lengua y el hipo del borracho:

> En el llano de Guantanamó...
> hay un gabacho de Bretañó...
> casado con africanó...
> por tener un ingenió...

A las risotadas y al pataleo del grupo, se volvió como herido el capitán, creyendo que la burla fuese a él.

—¿Qué? ¡Don *Jaume*! —exclamó con aire de perdonavidas.

—Nada, mi capitán —balbuceó *don Jaume*—. Cantaba... cantaba. «Un gabacho de Bretaña»...

—¡Ah! es con *musiú Jean*.

Y dirigiéndose el capitán de nuevo al dueño de *La Sidonie*, repitió:

—Pues sí, *musiú Jean*, aunque usted se incomode... y berree... ¡Ja, ja!... —y alargando el labio inferior como en son de desprecio tiró el tabaco que fumaba, y replicó estentóreamente:

—¡Que *sacré nom*! ¡ni *sacré nom*! *Mosié Jean*, lo dicho, dicho; ni santos tienen ustedes... ¡Ca! —y gozándose en el efecto colérico que producían sus palabras en el francés, se restregaba las manos con fruición.

—¡Musié le capitaine! ¡musié le capitaine!...[11]

---

11 ¡Señor Capitán!

El capitán, puesto ya en el disparadero, no podía detenerse y continuó a más y mejor:

—*Musié Jean*, no me retracto. ¡Lo dicho lo repito! Ustedes, con toda su bulla, no tienen más que tres, tres santos... —y contaba con los dedos—: Uno, dos, tres: véalos: *San Fasón, San Ceremoni, San Complimán*...[12] ¡Ja! ¡ja!...

Las carcajadas de la sala medio ahogaron por fortuna el vozarrón de Bonneau que exclamaba:

—¡Animal, bruto, bestia: español fanfarrón!

—¡Ja, ja! —continuó impertérrito el capitán—. ¡Oh! los franceses son siempre así... —y liando un cigarro, encendiólo, lo llevó a los labios, y echando bocanadas de humo continuó—: Sí, ¡como ustedes no hay otros en el mundo! Se creen ser siempre los invencibles: *la gloire, la patrie*... ¡ja, ja!... Y yo me digo: «Bailén, Talavera»...

—¡*Sacré nom!*... ¡*Victoire* contra la tiranía, no contra la República... capitán! —y haciendo esfuerzos Bonneau para lanzarse, añadió—: ¡Voy a reventar a un español!

—¡Bueno, bueno! —y el capitán, dando golpecitos acompasados con los nudillos de los dedos en la mesa, y dejándose dominar de momento por el vecino que tirándole de la levita le habló algo al oído, agregó—: «Solo en la paz de los sepulcros creo»...

—¿Es una indirecta o un *calembour*, señor capitán?

—No, *musiú*,... *calembour*... no, no *calembour*.

—Y movía la cabeza de un lado para otro.

—En todas partes: «un gabacho de Bretaña»... como dice *don Jaume*.

—¡Futre! —y tembló el piso a una patada de Bonneau—. ¡Capitán! Ustedes los españoles son *des bêtes, des sauvages*. ¡Toda la vida *Don Quichotte* y *Sancho Pansá*! —y mirando a todos lados, revolviendo los ojos sanguinolentos, hizo retumbar la sala con un insultante apóstrofe:

—¡*Sacré nom de chien!*... Español *vaillant en paix, lache en guerre, voleurs en tout temps!*

Agriada la cuestión, deslizándose sobre ese tema, los insultos y las diatribas se cruzaban de uno a otro lugar, y hubiera alcanzado las proporciones

---

12   Sin etiqueta, sin ceremonia, sin cumplimiento.

de una pelea brutal el apóstrofe de *Mosié Jean*, si al preguntar el capitán con el hablar tropeloso del borracho al comensal que le tiraba de la levita:

—¿Qué dice ese bruto de francés? —no se le hubiese ocurrido a éste responderle—: Nada, no le haga usted caso; ¿no ve usted que está borracho? —cortada así la disputa, continuando con la palabra, y haciendo señas a los demás para que atajaran a los contrincantes, dijo—: *Mosié Jean*, necesito de usted, para una receta (cuestión que le honra y que precisa conocer, a no ser que quiera usted reservarse el secreto), saber cómo ha preparado usted los sabrosísimos conejos que hemos devorado esta noche. Jean Pierre era un gastrónomo refinado, y halagado en su vanidad culinaria, aplacóse repentinamente, como si hubiese recibido una ducha de agua fría.

—¡Oh! amigo mío, es habilidad de mi invención, mía particularísima: *sauce Rofignac: base sang de poulet.*

—¡Sabrosísimo, soberbio plato!

Y los elogios culinarios, hiriendo el amor propio de *Mosié Jean*, dejaron la disputa desviada por completo del sesgo desagradable que había tomado.

En un rincón se gritaba:

—Musset, he aquí el poeta.

—¿Y Racine? ¿y Boileau?...

—Yo —gritó Jean Pierre—. ¡Viva Corneille! ¡siento el volcán del pueblo hervir en mi pecho cuando leo: *¡Rome, l'unique objet de mon resentiment!*[13]

¡La imprecación de Camille es la imprecación de la humanidad contra la tiranía!

—Música, música celestial.

—Sin la Francia no hubiera nada.

—Vanidad siempre.

—Victor Hugo, el gran poeta; Lesseps, el gran ingeniero; Voltaire, el gran filósofo.

—Todos los pueblos tienen sus grandes hombres.

—Pero, calle, capitán —increpó al borracho uno de los más serenos, obligándole a sentarse.

---

13   Roma, único objeto de mi rencor.

¡Oh! ¡la Francia! ¡la Francia! Y se barajaron nombres y obras, y los talentos fueron elevados y rebajados, y se confundieron, en algarabía indescifrable, artes, ciencias, letras...

Ya languidecía la discusión descabellada, clareando los concurrentes, antes de que clarease el día. La animación decaía por completo, y vino a galvanizarla momentáneamente la sonora voz del mayoral, que, rompiendo el hielo que invadía a la escasa concurrencia, dio la señal de la última etapa con el canto de:

Mariá, je suis capitaine...[14]

Por turno fueron lanzando sus estrofas, los últimos apegados al festín, y el repertorio de los cantares de la Francia brilló una vez más haciendo recordar la patria lejana.

Todo tendía a su fin: las luces palidecían, los criados dormitaban en los corredores, la mayordoma, con un tabaco en la boca, cabeceaba, mirando de tiempo en tiempo el reloj; ya la frase rápida, ya la palabra enérgica, se habían sucedido torpezas de beodos e ideas sin ilación de gentes que se duermen.

Cuchicheaban los convidados de Santiago, adivinándose el cansancio y el sueño, y uno más atrevido yendo en busca de *Antoniá*, le dijo:

—*Madama*, ¿me haría el favor de una vela para mi cuarto?

Esta petición fue la señal de la desbandada. La mayordoma se lo indicó así a Jean Pierre al oído; y la señora acompañó a sus huéspedes a las habitaciones, quienes con un «Buenas noches; hasta mañana» dejaron en su sitial a *Mosié Jean*, incapaz de moverse sin auxilio.

—Vamos, *Mosié Jean*; ya es tiempo —y *Antoniá* hacía esfuerzos para levantarle del asiento.

Forcejeando ambos, lograron por fin su objeto, y apoyándose él fuertemente sobre el hombro de Antonia, clavó los dedos en las duras masas de la espalda, echó una mirada apagada a los restos de la orgía, esparcidos por acá y por allá, y sonriendo estúpidamente clamó:

—Vamos —y entonó, trapeloso y ronco, el

---

14   María, soy capitán...

Allons, infants de la patrie...
Le jour de gloire est arrive

hasta dejarse caer inconscientemente como una mole en la cama que le aguardaba.

Al ruido sucedió el silencio más profundo. De vez en cuando repercutía, como nota agonizante, indicando señal de vida en *La Sidonie*, el golpe acompasado de la tumba y el ¡ay! de alguna cantadora resistiendo a la fatiga, rebelde por no dormir.

El *babul* finalizaba también, y allá, en el salón del baile, se distinguía a los bailadores, al reflejo de las luces mortecinas, cabeceando en cada parada de danza.

En los rincones dormían, tirados por el suelo, bailadores y bailadoras, recostados inconscientemente los unos junto a los otros; y el roncar sonoro de muchos era la única música que no cesaba cuando callaban *maracas* y tambores.

X

Había llovido por la noche, y los campos se resentían del agua bienhechora. La tierra destacábase más oscura y la hierba verdeaba con colores más vivos. El cercano arroyo batía su corriente con movimiento de niño turbulento, al chocar en las lajas con mayor caudal del agua de la lluvia anterior, y más sonoro y chispeando espuma, saltaba a la atmósfera convertido en vapor, yendo a perderse, transformado en neblina, de las cañadas al monte, del monte a las cimas. Los troncos de las palmas y de los cocoteros, empapados de humedad, diseñaban más vigorosamente los anillos por los cuales se cuentan los años que llevan de que el viento juguetee con sus rizadas copas, y los añosos mangos, verrugosos y agrietados, dejaban ver fuertemente destacadas las cicatrices de sus rasgadas cortezas por exceso de savia. Alguna que otra gota de agua en suspensión en la punta de las hojas, titilaba a impulsos del aura matinal, y robando claridad a la luz crepuscular, ostentábase cual piedra preciosa engarzada en corona de esmeraldas. Los cafetos, doblegados por la carga del precioso fruto, besaban el suelo, mostrando, entre hoja y hoja, la verde cápsula, amarilleando ya para convertirse en rubí antes de rendir el codiciado tributo. Las cañas agitábanse con movimiento de ondas, tratando de alzar el tallo que rindió la lluvia, y el sonoro bambú, con balanceo cadencioso, allá en los linderos alzaba su airoso penacho de menudas hojas. Empedrado el cielo por copos de nubecillas, atenuábanse los rayos del Sol que iba subiendo al cenit, y con el perfume de rosas y jazmines se respiraba el fresco ambiente impregnado de agua y de hojas verdes, de tierra y de frutas que rodaban por el suelo. Sentíase henchida la naturaleza de fuerza tropical: eran suspiros los rozamientos de las cañas; las ramas, al chocar, rumor de abrazos, y las gotas que caían, condensadas por el Sol, armonía de besos de amores. El aleteo de las aves, entonando himnos a la vida al gorjear desde la inmediata floresta, formaba, con el susurro de las hojas agitadas por la brisa, apagada música que hablaba a los sentidos, eco lejano de pasadas dichas, balbuceo de niños, retozo de recuerdos. La luz velada por las nubes daba a los objetos tonos calientes, detallando con minuciosidad la casa, los almacenes y los bohíos, y recogiéndose en los extensos secaderos, con claridad aplomada, armonizábase con los grises *capotes* enfilados, enviando reflejos de penumbra a la vivienda que, oculta tras el bosquecillo de verdura, aparecía a la vista como envuelta en capuz de colores delicados.

La Fortuné, asentada en una pendiente suave, daba su frente al Sol naciente. Al alborear, apenas disipada la niebla que desaparecía de la planicie, dejando en la huida su ropaje a trozos como desgarrado y prendido a las ramas de los árboles del cerro, sonreía aquel hogar con el alegre despertar del día. Edificada sobre bases de piedra, se levantaba la morada de los Delamour, sostenida por altos pilares de anchos corredores, mirando al Norte y al Sur, con persianas pintadas de verde, que atenuaban o permitían el que la luz los inundase o no. Al Este, dos pabellones salientes dejaban franco un pórtico, al cual daban acceso seis anchos peldaños; por él se entraba en la casa. Las ventanas y las puertas, abriéndose al exterior, se ocultaban tras cristales, velados a su vez por cortinillas de inmaculada blancura. A derecha e izquierda, arriates bajos, verdaderos jardines, rodeaban los corredores de un laberinto de naranjos y jazmines, confundiendo sus azahares y sus esencias. Rosales gigantescos se enroscaban con las madreselvas, ostentando en apretado haz flores con tintas amarillas y violáceas y puchas de rosas blancas y rojas.

Un arbusto de resedá, encorvado por sus racimos de florecillas, embriagaba el ambiente, al ser sacudido por el menor soplo, y abrazándolo y sobrepujándolo, sobresalía por entre la copa un cactus lleno de espinas y de cálices. Los granados con su nota roja se confundían entre plantas de hojas, manchadas de rojo también; y las malangas, pintadas de blanco y de amarillo, cubrían con su ancha hoja a las violetas de sutil fragancia. Una enramada cubierta de pámpanos, sobre la puerta de entrada, regalaba la vista con hermosos racimos que convidaban al pasar, y trepaban por los postes, sostén del emparrado, campanillas azules y blancas, con vida de una alborada.

Al llegar a la hacienda, después de recorrer diversos senderos en zigzag, trazados entre campos de cafetos orillados por limoneros y naranjos, se entraba por recta alameda que conducía a la casa de vivienda. Destruidos por el trabajo los bosques vírgenes al transformarse el *monte firme*[15] en tierra de labor, se habían reconstruido, en parte, artificialmente en la alameda, sembrando árboles que el tiempo consagrara como hijos naturales de la tierra. El

---

15   Tierra no cultivada nunca antes.

árbol del pan, extendiendo sus gajos torcidos de dentadas hojas, buscaba al almendro de cañón recto para entrelazarse en forma de pirámide; el mango de ancha y redonda copa besaba al gallardo mamoncillo; el artístico follaje de éste servía de apoyo a una palma real, que, a su vez, sostenía un cocotero inclinado por el peso del abultado fruto; había allí cedros y ciruelos que se confundían, y, ayudando a la sombra del camino y rompiendo con el follaje verde oscuro de la espesa bóveda de hojas, borraba la monotonía del color la guajaca, helecho de hebras de plata, en forma de cortinaje, columpiándose en el espacio. De trecho en trecho había bancos rústicos de piedra, por cuyas hendiduras escapaba el verde césped; al desembocar se veía una fuente de piedrecillas y caracoles, en cuyas aguas nadaban peces de colores y crecían lirios, y al final, arrogante, abarcando el espacio sin límites, con sus ramas tendidas como desafiando la bóveda azul, alzábase, orgulloso, el corpulento leño con visos plateados, una ceiba, ejemplar respetado por el hacha, tupiendo el suelo con la lana de sus gajos, en tanto que el carpintero, repiqueteando en la corteza, abría fácil brecha donde recoger el futuro nido; y todos los días, ave y familia, cada cual en su amen o rincón de tierra, lejos del bullicio, sentíanse felices en el mutuo hogar donde les brindaban fresco los arboles, colores los campos, dulzura la sombra, música el arroyo.

Por la enarenada alameda se llegaba al pórtico; después al amplio corredor, biblioteca a la vez, con ventanas a los jardines, en cuyo centro lucía la mesa de comer, de extensión, cubierta con un tapete de lana azul, bordado en los ángulos con arabescos rojos y azul prusia; sobre ella una bandeja de plata con un juego de copas para agua, una alcarraza llena del precioso líquido, y un frasco de cristal de Bohemia, lleno de licor; y en otra bandeja, más pequeña, el brasero, de plata también, conservando entre cenizas el ascua sagrada para los fumadores. Junto a una de las paredes, un armario aparador de caoba pulimentada, con el color oscuro que le da el tiempo, guardaba rica vajilla de porcelana blanca de China, con filetes dorados y con las iniciales de los dueños. En la biblioteca, de la misma madera y con el mismo estilo, repleta de libros, descollaban, entre las muchas obras, los numerosos tomos del *Gran Diccionario Enciclopédico Francés de la Conversación. Don Quijote, Gil Blas* y alguna otra obra poética eran los únicos ejemplares de la literatura castellana. Frente a los anaqueles, colgado en la pared, encerrado en marco dorado, se destacaba un grabado, en acero, de la escena de Pablo y Virginia en el bosque, y delante de este cuadro, otro, con el marco de cedro, barnizado, representaba la traslación y el entierro del cadáver del emperador Napoleón I, dividido en pequeños cromos, donde se leía: «Octubre 1840, Santa Elena-diciembre 1840, París». Muchas manchas de amarillo terroso en el papel indicaban la vejez de esta copia, que se conservaba seguramente como recuerdo piadoso de los abuelos. Debajo de este cuadro había una mesita portátil con un tablero de damas y un juego de ajedrez, de marfil.

Del comedor se pasaba a la sala, el verdadero hogar, donde las horas se deslizaban rápidas. Los muebles eran sencillos, y también de caoba, y solo se distinguían un piano Pleyel, en uno de los ángulos, y sobre éste, un violín en su caja, y una máquina de coser montada sobre una mesita de nogal. Las paredes estaban adornadas con seis grandes grabados que representaban escenas de la vida de Cinq-Mars, historia novelesca de Alfredo de Vigny, muy en boga en la colonia francesa, dando fuerza real al fatalismo del número trece. En el testero del salón, un retrato al óleo, de cuerpo entero, de un anciano de figura respetable, luciendo en el pecho varias condecoraciones de la Francia monárquica, y en un cuadro ovalado el retrato, en miniatura de marfil, de una mujer, ambos en traje de fines del siglo pasado: eran los de los padres de Delamour.

A ambos lados de la alameda ocho secaderos, uno tras otro, indicaban la importancia de las cosechas de la finca; el almacén, el molino y la sala de trillar café, de dos pisos, sobre base de mampostería, estaban a la derecha de la alameda; cerca de éstos, la casa del mayoral, junto a la cual, dos mástiles verticales y paralelos lucían la campana reguladora de las faenas diarias, y al pie de éstos, grabado sobre mármol, encima de una columna truncada, un reloj de Sol con el nombre *La Fortuné* en letras emplomadas. Una habitación en el almacén servía de escuela y de aposento del maestro, instructor de Pablito y Magdalena.

El Sol se reflejaba en los secaderos, absorbiendo la humedad de la noche, y don Pablo, esperando el desayuno, paseábase por uno de ellos, recibiendo con deleite el calor de los primeros rayos, tibios todavía, de aquella mañana tan agradable. Aunque acostumbrado a las escenas de la víspera, fuera por cansancio, fuera por disgusto, las de la noche pasada parecían haber impreso en su semblante un tinte de tristeza; su espíritu se rebelaba contra esas costumbres contrarias a su educación y a sus sentimientos, y, nuevo Prometeo, encontrábase encadenado, y fatigábase inútilmente queriendo escapar al círculo que parecía estrecharle cada vez más y más.

Una idea fija le torturaba tiempo hacía: era esperanza alimentada desde muy joven, ilusión que persiguiera desde en vida de su padre, y que sentía escapársele cuanto más avanzaba en edad: pagar sus deudas, realizar alguna fortuna, dar libertad a sus esclavos y marchar lejos del país, el cual, sin embargo, amaba con delirio. Parecía pesar sobre su alma una fatalidad; vivo su padre, luchó denodado; murió éste, y con la herencia recibió la finca empeñada; no se acobardó, y con más bríos acometió la obra con tanto anhelo perseguida; engañáronle de nuevo fuerzas y esperanzas; pagó tributo al amor, y la familia vino a ligarle más estrechamente a aquel pedazo de tierra que era todo su patrimonio y el que debía legar a sus hijos; y hoy, perdida la esperanza y aumentada la deuda, sentíase casi vencido, y solo aunaba sus esfuerzos como para llenar debidamente hasta lo último el deber sagrado de no faltarle a los suyos; le parecía que su cerebro se debilitaba a veces, y experimentaba frío: temía, y temía con terror, y esos momentos que llamaba él de debilidad pasaban inadvertidos para todos, a cuyos ojos ocultaba su malestar y su dolor. A veces una desesperación punzante parecía lacerarle el alma, y la idea, perenne y constante, tomaba consistencia de hierro candente que le atravesaba las sienes, y hacíale prorrumpir en un sordo gemido; despertaba entonces, pasábase las manos por la frente y murmuraba desesperado:

—¡Me volveré yo loco, Dios mío! —y como arrancándose a su ensimismamiento, se entregaba a la labor con mayor asiduidad: la fiebre había pasado una vez más; el león respiraba.

Aquella mañana, tras una noche de insomnio, sentía renacer la fe que durante ellas perdía, a solas consigo mismo; y con el nuevo día volvía a la lucha, valeroso, en tanto que la luz ascendía; cobarde en tanto que ella declinaba.

—Buenos días, papá —y los brazos de Pablito y de Magdalena, estrechándole cariñosamente, acabaron de deshacer las pocas nubes que envolvían aun su cerebro.

La efusión de las dos almas juveniles, la zozobra transformada en calma por el padre, la mañana deliciosa, el trabajo organizado, la naturaleza alegre, formaron un conjunto de felicidad tan verdadero, que nadie hubiera leído en aquel rostro sonriente que había lágrimas de pesar en una mirada tan dulce y suspiros de dolor en aquel pecho tan tranquilo.

—Papá —le interrumpió Pablito— ven, ven con nosotros a la punta del secadero. Magdalena y yo tenemos un gran secreto para ti —y mirando a Magdalena agregó—: Papá, hemos formado un complot.

—¡Conspiración! —contestó riendo don Pablo—. Vamos, mis picarones; vamos a la punta del secadero; ¡qué conspiración tan grande será esta! —y sentados en los *cordones* del mismo, comenzó Pablito:

—No vayas a regañarme; ¿te acuerdas de lo que insistí en ir contigo a *La Sidonie*? Tenía mi idea: quería ver al negrito Juan. ¿Te has olvidado ya de él? Aquel negrito de mosié Bonneau que cogieron cimarrón en Santiago. ¿Sí? Pues bien, lo han castigado y está en el cepo. Cuando todo el mundo estaba entretenido en la reunión, le pregunté a un negro, éste me enseñó dónde está el cepo, y hablé con él...

—Hijo, ¡qué imprudencia! —y pensó el señor Delamour: «¡Mis relaciones con Bonneau son ya de pura cortesía; ¡quiera Dios no vengan estos muchachos a traerme más contrariedades!...». Luego siguió escuchando a Pablito.

—Nadie me vio; estaba muy oscuro... y fue un momento...

—Sigue, cuéntame lo todo —y Pablito refirió a su padre la entrevista que tuvo con Juan, y el consejo que le había dado de que huyese tan pronto le sacaran del cepo; que se llegase a Santiago, que enseñase las marcas de los azotes y pidiese papel...

—Y bien, Pablito, ¿qué piensas lograr con esto? Sin quererlo, has comprometido más a ese negrito: le darán papel, ¿y después?

—Lo comprarás tú.

—¡Yo! —y se estremeció al pensar en el verdadero compromiso en que le ponían sus hijos. Su liberalismo, su bondad para con los esclavos eran un descrédito en el partido; se le guardaban consideraciones por respeto, no por amistad; los amos veían con muy malos ojos su conducta débil, su falta de *energía*; solo su entereza lo había salvado en tiempos pasados de verse enteramente aislado de sus convecinos; poco faltó para que, declarado bestia maldita, no se contase con él para nada: excomulgado, hubiera sido un paria entre los suyos. Una de las veces en que la familia se encontraba en la población, y él había subido a *La Fortuné*, donde hacía falta su presencia para la cosecha, llegó de improviso y sorprendió a su mayoral en el acto de cometer una de las tantas injusticias que él consideraba crímenes de la esclavitud. Aplicábase el castigo del azote a una negra embarazada, y si con el castigo cometía ese mayoral una falta respecto del dueño, que le tenía prohibido llevar a cabo ninguno sin su consentimiento, con la naturaleza cometía una más horrible aún: boca abajo, en tierra, hecho un agujero en el suelo, de modo que el vientre no fuese lastimado, se aplicaban los azotes: era preciso salvar la cría. Delamour tuvo uno de esos arrebatos de indignación violentos, en los cuales no se reflexiona, e incontinenti, en el acto, suspendido el castigo, fue arrojado de la finca el mayoral. Se puso el grito en el cielo; fue ese acto la piedra de escándalo; se comentó, se habló de dar parte de ello al gobierno; *Bonneau* presidió a los indignados, y los conciliábulos y los proyectos fueron tantos, que concluyeron por caer por su propio peso. ¡Y sin embargo, la deshonra del mayoral se había consumado ante la misma negrada! Supusieron los dueños que el hecho debía ser conocido por sus respectivas dotaciones, y durante un tiempo extremaron sus rigores, y como saludable prescripción, el látigo puso a raya las reflexiones y comentarios que quizás mentalmente se atrevían a hacer algunos esclavos.

Pablito rogó y suplicó; le habló de su marcha para Francia; le hizo ver que desde pequeñitos habían estado juntos; que ahora estaba verdaderamente comprometido Juan, que lo matarían a palos, y que él tendría la culpa; que él siempre había sido bueno para con ellos.

—Mira, papá, Magdalena va a llorar; ¿por qué no quieres darnos ese gusto?

Miró a los dos el padre, y sintió los ojos arrasados en lágrimas, acercóseles más, y exclamó:

—¡Quién sabe, Dios mío, si no podré darles más adelante mayores alegrías! Lo que ha pasado, hijos míos, que no lo sepa nadie, nadie; ¿entienden bien? Bueno, haré lo que ustedes desean; no se cuiden más de esto; pero, escucha tú, Pablito, que vas siendo ya un hombre; Magdalena es muy chiquita todavía para comprender. Tu corazón es de oro, hijo mío, y todos sus impulsos son generosos; tus palabras son mi orgullo, pero debo aclararte un punto: no aborrezcas; que no haya en ti encarnizamiento para el amo de *La Sidonie*; no creas que *Mosié Jean Pierre* es un criminal a quien debes odiar; cualquier otro hubiera hecho lo mismo por igual motivo; esto te parece increíble; ¡ah! hijo mío, llegará la edad en que todo lo verás claro, y comprenderás que hombres buenos e incapaces de ciertas maldades tienen el corazón endurecido, y obran, sin conciencia o con ella, siendo crueles.

¡Maldita esclavitud! Y se perdió su mirada en lontananza, como siguiendo entre el polvo de átomos de oro, impalpables en un rayo de Sol, una idea grande y fecunda que, revoloteando en las nubes, se perdía en los espacios.

XI

Pablo Delamour cumplió la palabra dada a sus hijos, evitando, al volver a la finca con el nuevo paje, entrar en explicaciones con su mujer. No dejó de extrañarle a Margarita la compra, dada la escasez monetaria que atravesaban; pero la buena presencia del negrito, su robustez y diligencia, le hicieron pasar por alto mayores aclaraciones, y se contentó con saber que había costado 400 pesos y era... un negro más que le venía bien a la hacienda.

Juan, al llegar a la población, se había presentado al síndico, quien, según lo ordenado, le había dado papel de venta valedero por ocho días, hecho que se comunicó a Jean Pierre Bonneau. Juan fue valorado en 400 pesos, con *todas tachas, vicios y enfermedades a uso de feria, huesos en costal y alma en boca. Mosié Bonneau* aguardó impaciente el cumplimiento de los ocho días, y saboreaba de antemano su venganza; suponía que el negrito no encontraría comprador, y al notificarle el síndico la venta, no tuvo límites su furor, y más se acrecentó éste al saber que el nuevo dueño era su vecino, el de *La Fortuné*. Menos rabia siente la fiera tras el enrejado de hierro que le priva de libertad, que la que experimentó el bearnés al ver que se le escapaba su presa, ¡y por quién! No hubo improperios que no resonaran en la sala de *La Sidonie*; su impotencia le desesperaba, y a las blasfemias seguían rugidos de verdadera pantera; desgarrábase la camisa y pisoteaba el sombrero; de un puntapié lanzó contra la pared a *Fedor*, su perro favorito, y los negritos, obligados a pedirle la bendición, recibieron un latigazo al acercárseles; tembló la negrada, y el terror fue tal, que se hubiera oído el volar de una mosca.

—Eso no podrá seguir así; traer el mayor de los desórdenes al partido, dando protección a un negro castigado y cimarrón; una vez se había cedido, pero esta vez, no. ¡Oh! *nom de chien!* —él iría en persona a pedirle explicaciones, y habría de oír verdades muy duras. El escándalo tomó grandes proporciones cuando lo que acontecía llegó a oídos de todos, y ni uno solo de los hacendados convecinos dejó de efectuar una peregrinación a *La Sidonie*, aumentando con ellas la cólera de Bonneau, excitándole con declamaciones de empedernidos esclavistas, y poniendo el grito en el cielo por esa conducta desleal e infame de Pablo Delamour.

Bonneau juró: *¡Sacré nom de Dieu!* «que no quedara así la cuestión», y se aprestó, lastrándose con algunos tragos de más, para ir en demanda de una satisfacción.

La hora del mediodía sería cuando el piafar de un caballo indicó la llegada, a la puerta de *La Fortuné*, del dueño de *La Sidonie*; a la vista de Bonneau, Delamour lo adivinó todo, y, armándose de serenidad, esperó bajo una apariencia cortés y afable la tempestad que no podía dejar de desencadenarse muy presto.

Y así fue: de pie en el portal, dándose con el látigo golpecitos en el pantalón, con aire de insolente, aunque moderado en el hablar, y con el respeto que Delamour les imponía a su pesar, preguntó si era cierto que había comprado al negrito Juan...

—Sí es verdad; necesitaba un paje, y...

—Pero, don Pablo, dispense... la interrupción; vengo a suplicarle que... se deshaga de él; ¡usted no sabe lo que es ese negrito!

Y le explicó sus atroces crímenes: dos veces *cimarrón*, insolencia, *cachorrería*, ¡no derramar una lágrima, *pas une larme*, a pesar de los azotes!, y que había de tener un mal fin.

—El partido, usted comprenderá, no puede aceptar que ese negrito se insolente; es una burla que, en vez de castigo, encuentre abrigo, ¡y abrigo de un vecino! Usted sabe bien el mal efecto que esto hace en la negrada; esto les da pie; este es un mal precedente; todos los hacendados se quejan, don Pablo. ¿Quiere usted cortar todos estos inconvenientes? ¿Quiere usted continuar en buena armonía con nosotros? Si usted quiere, le devolveré lo que le ha costado; *¡cen piastre de plus, voulez vous! ¡je l'achette!* No conviene, don Pablo, de ninguna manera, que...

—Aguarde usted, *Mosié Jean Pierre*; usted conoce muy bien mi manera de pensar; usted debe comprender también que yo no puedo ni quiero aceptar ciertas cosas; usted podrá creer, y lo mismo los demás que piensan como usted, que ciertas cosas —y recalcaba la palabra— están bien hechas, y estas cosas serán para mí un error; y yo, en beneficio de todos, podré asentir a ciertos hechos también; pero —y modulando la voz con dulzura que llevaba el convencimiento al ánimo, continuó— no le den ustedes importancia a lo que no la tiene; no se cuide usted de esto, que nada vale; yo le prometo, bajo mi palabra de honor, que no volverá usted a ver al negrito, ni pisará más tierra que la de *La Fortuné*.

Pero como si solo necesitara Jean Pierre Bonneau de un pretexto para desahogar su bilis, pidiendo valor ficticio al ánimo que, ante la serenidad del contrario, le faltaba al comenzar la conversación, levantando la voz acudió al lenguaje tabernario, exclamando:

—¡Sacré nom...! *mosié* Delamour, usted lo que hace es indigno, es burlarse de nosotros. ¡Ah! usted nos desafía. ¡Ah! usted, con su especie de superioridad, se ha figurado.

Delamour no lo dejó concluir; era preciso evitar un escándalo, y aprovechar, con un rasgo de dignidad, el ascendiente que poseía sobre su compatriota, antes de que se perdiera.

Asomóse al corredor, y gritó:

—¡Juan! trae el caballo de *mosié* Bonneau.

Apareció éste, y en tanto que con la palabra en la boca, apoplético de cólera, interrumpido en su peroración, interrogaba con los ojos, don Pablo, enérgico, sereno, le señaló el caballo y le dijo: ¡Basta! ¡Salga usted de mi casa!

El golpe fue rudo; comprendió la situación; a su terquedad se oponía la fuerza; cejó, agolpada la sangre a la cabeza; se le turbó la vista, y ante la severa mirada de Delamour, salió como bambaleando, y sin poner el pie en el estribo, saltó sobre la silla, clavó espuelas, cruzó con el látigo la cara del negrito Juan que tenía el caballo por las riendas, y partió a la carrera, amenazando con el puño a don Pablo y diciéndole:

—¡Nom de chien! ¡miserable!...

Volvió Delamour la cabeza melancólicamente, viéndole marchar desatentado, contentándose con exclamar: «¡Desgraciado!», convencido de que solo había en aquel individuo, al obrar tan insolentemente, el *pecado original* de la colonia de que estaban saturados, más o menos, todos los que la habitaban o tenían la suerte o la desgracia de nacer en ella.

XII

Pocos días después de la desagradable escena entre Bonneau y Delamour, llegó a *La Fortuné* el joven tildado de *sabijondo* en la fiesta de *La Sidonie*. Recién llegado de París, donde se había educado, de veintidós años de edad y con el baño natural de cultura que se adquiere en países verdaderamente civilizados, traía consigo todas las generosidades que dan los pocos años, la fe en la vida que se comienza a andar, las grandes ideas y los resultados que se palpan en aquellos pueblos en que la libertad es una verdad que luce de enseña en el camino del progreso.

De familia rica, vivía independientemente, sin cuidarse de que es necesario dedicarse a algo, y tan pronto en la población como en el campo, pasaba el tiempo, ya al lado de su familia, ya en la finca de su padre.

Conocía de nombre a don Pablo; simpatizó con él en la reunión de *La Sidonie*; allí cambiaron sus impresiones, y se había prometido cultivar aquella amistad.

Hubiera diferido quizás algunos días más su visita, si la polvareda levantada por la cuestión del negrito Juan no hubiese venido a turbar la paz octaviana de la comarca. Invitado a una reunión en *La Sidonie*, junto con varios convecinos y el capitán del partido, se había enterado de todo, y disintiendo de aquellos energúmenos, díjoles con franqueza que no pesando él como ellos, estaba de más allí, y marchose, dejándolos continuar unánimes en el desahogo de su bilis y en la combinación de sus venganzas.

En tanto que entregaba a un paje la cabalgadura, dio a la negrita que se asomó para saber quién llegaba, una tarjeta en que se leía: *Agustín Granada y Perez*.

Después de los primeros saludos y las presentaciones a Margarita, departiendo larga y amigablemente, agregó don Pablo:

—Amigo Granada, almorzará usted con nosotros; es tarde, el Sol calienta demasiado, y en el campo: usted lo sabe, es esta una costumbre ineludible siendo además obligación contentar a aquellos quienes se visita.

—Con la misma franqueza acepto su ofrecimiento y esto me dará derecho a esperar verle pronto por casa: desde la noche de *La Sidonie* somos amigos viejos.

Cordialísimos en el almuerzo, cautivó don Pablo con su amena conversación, Margarita con su finura y cortesanía, Pablito con sus arranques vehementes, y la pequeña Magdalena con su simpática belleza y su fondo de energía latente.

Agustín era de carácter tan afable y apacible que se decía de él: «Es una dama»; y ese mismo carácter, contrastando con la vehemencia de Pablito, hizo nacer desde este día, en ambos, recíproco y verdadero afecto, que debía señalarse más tarde por su firmeza y generosidad.

Tratóse de la cosecha que, dado el tiempo, esperábase buena; de que los campos de Cuba son bellísimos, y que solo se podía juzgar verdaderamente de ellos viniendo de otros países y comparándolos con los de aquéllos; se habló del estado general de Europa, cuya paz no podía ser duradera: de los progresos de los Estados Unidos, próximos a destruirse por la cruenta y santa lucha de federales y confederados; de las discordias intestinas de las repúblicas sudamericanas; de París, con sus maravillas y sus adelantos; del progreso humano en general, con sus grandes inventos; del fin más o menos próximo de la situación política imperante en la isla:

—Y, mire usted, don Pablo, mi padre tiene reputación de *filibustero*, porque no se aviene a la política tiránica del gobierno, gobierno personal que parece ser patrimonio de Cuba; y digo de Cuba, con ese tono, porque alejado desde niño de aquí no le tengo más afecto que el que se adquiere por haber nacido en el país. No es culpa mía, y soy sincero; mis amistades se encuentran fuera, y usted sabe cuánto influye en nosotros el lugar en que nos educamos. Mis padres abandonarán esta tierra y nos retiraremos a vivir en París; y yo, en verdad, se lo confieso a usted ingenuamente, no he nacido para las luchas que han de llegar a desarrollarse aquí indudablemente. Amo el estudio, y permitiéndomelo la posición de mis padres, me dedicaré por completo a él. Haré por mi país cuanto esté en mis manos; fuera he de serle más útil que dentro; quizás haya yo heredado el carácter de mi madre, hasta el punto de que ciertas discusiones me hacen temblar.

Tomado el café, insinuó el deseo de conocer las dependencias de la finca, y en un momento en que Pablito y Magdalena fueron en busca de sus sombreros, le dijo a don Pablo:

—Tengo que hablar a usted reservadamente.

Extrañeza causó a los dos jovencitos el verse eliminados del paseo; pero obedecieron, en tanto que su padre, tomando alameda abajo, se les perdió de vista.

Llegados a uno de los tantos árboles que con su follaje dan sombra al lugar, dijo don Agustín:

—Es un deber mío, don Pablo, ponerle al corriente de lo que pasa en el partido respecto de usted. Su aislamiento de antaño se agrava hoy en que, permítame usted la frase —dijo Granada sonriendo—, le ponen a usted fuera de la ley. No creo que haya llegado aún a sus oídos lo que se maquina contra usted, y aunque me figuro que no darán gran resultado las bravatas, no debe, sin embargo, dejarse de tener en cuenta; y no me perdonaría yo el que, por cortedad mía, no estuviese usted prevenido. Nadie sabe lo que puede sobrevenir. Su excomunión nace de haber usted comprado un negrito que era de Bonneau: este hecho es la piedra de escándalo; el disgusto se ha convertido en rebelión. Ha habido sus reuniones, sus conciliábulos; me llamaron, y asistí; allí me enteré, por ellos mismos, de todo; los abandoné, por no pensar como ellos; y, como le dejo dicho, he creído un deber participarle lo que pasa. Bonneau está furibundo, los demás no le van en zaga; el capitán de partido les hace coro, y habló hasta de dar parte al gobierno; y de llevarse a cabo esta medida, podría quizás perjudicarle a usted; usted conoce la suspicacia del gobierno, y basta una denuncia, aunque descabellada, para quedar señalado; no me parece que fructificará esta idea, apuntada por el capitán, porque el mismo Bonneau, sin rechazarla por completo, soltó una de sus interjecciones, y alcancé a oír le decir a otro bearnés: «*¡Ces gredins de spagnols, va!*». Usted sabe que, a pesar del encono contra usted, franceses y españoles no simpatizan, y con el gobierno menos; hay que ser justos por este lado. Como ya dijimos los otros días, el esclavo es una cosa, y ante esa cosa no hay reflexión, no hay idea generosa, no hay ideales políticos; todo está subordinado al interés: el oro es Dios. No los conozco lo suficiente para saber hasta dónde pueden llegar sus amenazas; usted juzgará.

—Le doy infinitas gracias, amigo mío, por el verdadero interés que me demuestra, y me llena de satisfacción el ver que mis simpatías no se han equivocado. Gracias, amigo mío. Esa gente es así, ladrarán muchos días y se cansarán; quedaré aislado, esto es todo: de ahí no pasará la cosa. No es la primera vez que disentimos por completo y que mi conducta me atrae las maldiciones de todos: este es el mundo y es preciso aceptarlo tal cual es.

Volvieron a la casa departiendo largamente y pidiendo don Pablo que no llegasen a oídos de Margarita las tramas de sus vecinos.

—Espero, amigo Agustín, que muy a menudo habrán de repetirse las visitas —y tomando la derecha de Pablito y uniéndola a la de Granada, añadió conmovido—: Sea usted un buen amigo también para mi hijo; quién sabe cuánta falta le podrá hacer algún día.

XIII

Fuese por impotencia, fuese por reflexión, no tuvo consecuencias para Delamour la cábala de sus enemigos. La mayoría no se atrevió tampoco a romper abiertamente con él; limitóse a visitarle lo menos posible y a evitar los encuentros en los caminos; si esto se hacía inevitable, se saludaban sin detenerse, echando a un lado la cortesía tan usual en nuestros campos; Bonneau, más irreconciliable con él, no saludaba, y espoleando el caballo, al enfrentar con Delamour, pasaba a toda carrera hecho un vendaval, sin siquiera mirarle, y su audacia quedó reducida a esa indiferencia aparente y de manifiesta grosería: Delamour sonreía siempre, viendo pasar ese torbellino, hijo del despecho.

Nada volvió a alterar la tranquilidad de aquellos confines que, con esta quietud, seguía la marcha normal de la capital de Oriente: fija la atención del país en la lucha sostenida en la República norteamericana, dividíanse las opiniones, y dábase el caso de que, poseedores de esclavos aquí, de intereses confederados, por lo tanto, llamábanse federales y hacían votos por el triunfo de éstos; el sentimiento *filibustero* predominaba inconscientemente, y anhelaban la victoria para los abolicionistas.

Sucediéronse los años, los trabajos tuvieron sus alternativas más o menos prósperas; estrechóse la amistad de Pablito y Agustín; Magdalena espigaba, desenvolviéndose con sus formas, al mismo tiempo, un carácter serio, que le daba el dominio de sí misma y la hacía desechar las trivialidades de la niñez.

Juan no sabía cómo recompensar a sus amos por el bien que le habían proporcionado; atento a todo, espiaba los menores deseos, y, todo abnegación, no había sacrificio al cual no estuviese dispuesto. En esta frase gráfica de Margarita, que no cesaba de repetir:

—Será el mejor negro de *La Fortuné* —quedaba retratado su comportamiento: no había tenido que hacerle todavía ninguna reconvención. Le alcanzaba el tiempo para todo, y las mejores frutas, las primeras, se encontraban en la mesa cuando aun no se sabía que habían madurado; él era el mandadero para las diligencias a la población; nadie como él para tener la cuadra limpia y los caballos en buen estado; y su fidelidad y su cariño se estereotipaban en esta frase:

—Mi amo Pablito, y *depué Dio* —si se le interrogaba el porqué ponía a Dios en segundo término, respondía, dejando ver su magnífica dentadura—:

¡Ah! yo sé, yo sé —y nadie lo sacaba de ahí: seguramente en esa adoración había mucho de la misteriosa entrevista nocturna de *La Sidonie*.

Esta dicha inalterable duró hasta abril de 1865. La fragata *La Creole*, mandada por el capitán Legalée, se encontraba en el puerto, y listo su cargamento de café y fustete, debía marchar pronto. En dicho buque, recomendado al capitán, se embarcaría Pablito para Burdeos: fue esa una época de duelo para toda *La Fortuné*.

Jamás despedida alguna fue más cruel; llegó la víspera de marcharse a Santiago, y hacia la tarde, uno a uno, fueron llegando los esclavos para despedirse de su amito; Juan, atónito, no hablaba, devorando con los ojos a Pablito; unos le besaban la mano; otros se la apretaban con las suyas. Una negra vieja, apoyada en un palo, encorvada por el peso de noventa años, con el vestido un tanto alzado y ceñido al talle con un pañuelo, con el aspecto de una sibila, y escapando por el madrás que le envolvía la cabeza los blancos mechones de lana, colocó la mano izquierda sobre el hombro de Pablito, miróle de hito en hito un buen rato, le bendijo luego, y surcando su arrugada faz dos gruesas lágrimas, balbuceó:

—*¡No me va volvé a ve má!* —y poniéndole en la mano un pedazo de tela muy atado, formando un ovillo, añadió—: *¡No pierda nunca eto, mi amito; mi señora la Caridad lo ampare!* —Era su tesoro más preciado lo que le entregaba, era su fe: un amuleto traído quizás de las costas de Guinea.

Susana, que había venido a pasar estos últimos días con Pablito, lloraba también en un rincón. Como a la mortecina luz de un candil van desapareciendo los últimos albores de claridad, la alegría de aquella familia había ido disminuyendo al ver cada día más próxima la partida, y acentuándose el pesar como la negrura de la noche ...[16]

—Hijo mío, he querido traerte aquí, en este momento solemne para los dos: aquí meditaba mi padre, y aquí es donde ¡cuántas y cuántas veces he encontrado tranquilidad para mi alma! Pronto nos dejarás; es para tu bien y es un deber; hazte un hombre, no pierdas el tiempo y sé honrado toda la vida. No es hoy que aguardo el día de esta despedida, y, sin embargo, me despedaza el alma.

---

16   Fragmentos ilegibles en la edición original. (N. del E.)

Cruzaban el cielo espesos nubarrones, por entre los cuales asomaba de tiempo en tiempo alguna brillante constelación, y la oscuridad envolvía todo el contorno. Los insectos nocturnos, que despiertan cuando los del día duermen...[17]

El camino, girando a la derecha, se dirigía a una planicie, cima de la montaña, y de allí, volviendo de nuevo, iba descendiendo a la llanura...[18] Lejanos y diseminados, como fuegos fatuos, vislumbrábase apenas alguna que otra apagada claridad de las fincas; el viento rugía, y como subiendo de la sima empujaba en montones los copos de vapor convertido en nubes; la lobreguez, tiñéndose con la sombra uniforme de una profundidad sin fondo, confundía en un mismo plano los riscos y el farallón, el precipicio y la llanura; y el sentimiento...[19]

—¿Ves esas luces que apenas se distinguen desde aquí? Son *Villanueva*, *La Mariana*, *Idalie*; son grandes haciendas, y solo las vemos como un punto; ellas son imagen de nuestra existencia; nada somos para la inmensidad. Conoces cómo pienso, y así, te digo: Sea mi credo el tuyo: sé honrado siempre, y no haya lágrima que no enjugues; hay un gran misterio para la sociedad, fecundo en grandes preocupaciones: las religiones; aprécialas por lo que valen en sí, por su moral, no por su culto ni por sus hombres. La historia te ha de enseñar lo que se ha sufrido por ellas; cree en Dios, hijo mío, pero no te tortures ni en buscarlo ni en alabarlo: lo infinito es incomprensible. En ti están los gérmenes de la democracia, tus nobles sentimientos te guiarán a ella, ella te marcará el derrotero que deberás seguir. Toda mi existencia ha sido una vida de contrariedades: en casa, en el trabajo, con los amigos, en nuestra tierra: Tú eres mi viva imagen, y tus sentimientos me llegan al alma. Tu buena madre no ha podido comprenderme todavía; mis amigos me contradicen; el gobierno me amordaza, y, obligado por la más cruel de las necesidades, la del cumplimiento de la palabra empeñada por mi padre, por las deudas contraídas, he tenido que vivir por ella. He querido romper con esa situación, y no he encontrado más que un solo camino, camino muy cruel y muy duro; hubiera sido preciso vender la dotación, es decir, darles nuevos

---

17 Fragmentos ilegibles en la edición original. (N. del E.)
18 Fragmentos ilegibles en la edición original. (N. del E.)
19 Fragmentos ilegibles en la edición original. (N. del E.)

amos a mis esclavos, echarlos del lugar en que nacieron, y se criaron, y se amaron, y donde están enterrados sus padres; desunir esas familias, y hacerles que me maldijeran. ¡No... no me hubieran maldecido... porque me aman demasiado; pero sus lágrimas amarguísimas, desesperadas, hubieran sido mi mayor tortura! Bajé la cabeza, pedí fuerzas al deber que me imponía, quise esperar mejores días y llegar a recompensarles con una completa libertad, y me resigné; y hoy, después de tanto luchar, me siento vencido, y te confieso la inutilidad de mis esfuerzos.

El ruido lejano de algunas tumbas, resonando en las haciendas situadas en aquella profundidad, llegó hasta ellos e interrumpió el silencio de la noche, y excitando el cerebro soñador de don Pablo, lo exaltaron, haciéndole exclamar con vehemencia:

—...¡Escucha, Pablito! ¡Atiende! ¿Oyes ese canto? Pues ese es el vaho que exhala una parte de la humanidad desde el fondo de su mazmorra; es el lamento de toda una raza que sube hasta los cielos; y ese ¡ay! largo, plañidero, que se prolonga por los espacios y va hasta el mismo Dios, lleva envuelto, en esas notas con que danzan los esclavos, la maldición al amo que los esclaviza. Presiento, hijo mío, grandes males; quizás habré muerto cuando de la abyección del bruto despierte el hombre, y nos reclame lo que les hemos robado; no es ensueño de una imaginación calenturienta, es una revelación de mi corazón; todo es negrura para mí; ¡la esclavitud concluye! ¡Que sea pronto! Al oír ese canto que nos trae el viento desde el abismo, esperanza perdida que, como estigma, lanza la raza maldita sobre los que la vejan, me pregunto: ¿Cómo lavar la mancha? ¿cómo expiar la falta? o veo más que un medio, que me hace temblar... ¡Sí! Y si es pesadilla, me fascina, por que no me abandona un momento, y flota sin cesar ante mis ojos. ¡Cúmplase la suerte! Quizás no te vuelva a ver, Pablito, y... ¡Quién sabe cuán amarga será tu herencia, pobre hijo mío! Sea cual fuere, Pablo, cumple sin vacilar con tu deber; y si algún día maldices la esclavitud, no maldigas a tu padre.

...

...

Tres días después, la bandera francesa, arbolada en la fragata *La Creole*, cruzaba la bahía, y dejaba tras sí el Morro de Santiago de Cuba.

Fin de la primera parte

Segunda parte

I

El año 1868 había recorrido la mitad de su carrera; el mes de julio iba finalizando, y el correo llegado de la ciudad era conductor de malas nuevas para *La Fortuné*.

Las cartas desencadenaban la tormenta que venía presagiándose año tras año; hasta entonces se había logrado retardar el mal, pero no detenerlo ni evitarlo.

—¡Perdidos! ¡Perdidos! —se escuchó, y Pablo Delamour, con mano temblorosa, se apretaba las sienes, y con los demacrados dedos se alisaba la abandonada cabellera. Sus sufrimientos iban siendo superiores a su energía; la barba y el cabello, descuidados, desmesuradamente largos y casi totalmente canos, indicaban agotamiento de fuerzas, y el desequilibrio de su espíritu se manifestaba en una agitación febril y constante y en el movimiento de los labios sin cesar.

El destino pesaba duramente sobre aquella familia; la desgracia avanzaba hacia ella a pasos agigantados; la última etapa de la lucha se presentaba en toda su desnudez. La cuenta corriente de la hacienda *La Fortuné*, traída aquella tarde, ostentábase sobre la mesa demostrando la verdad horripilante con la dureza inflexible de los números: cerrado el semestre en 30 de junio, arrojaba un déficit de 32.408 pesos, 20 centavos; en vez de disminuir, la deuda había aumentado, y no era esto lo peor, sino que la casa refaccionista llamaba a Delamour y le cerraba el crédito: el mal era grave, el conflicto inevitable, y la ruina era ya la única solución posible.

El reloj daba las once de la noche, y sus toques, tan naturales anteriormente, resonaron en aquel instante lúgubremente para Delamour y le estremecieron. El ladrido de los perros o el relincho de algún caballo era lo que solo de cuando en cuando turbaba la quietud.

El quinqué lanzaba su luz con visos de reflector sobre aquella cuenta y aquella carta amenazadoras, y dejaba envuelto en penumbras el resto de la sala; había algo de sarcasmo en esos vivos reflejos destacando claramente aquellos números implacables que le herían sin piedad, y negando su resplandor a otros objetos que hubieran podido quizás prestarle algún consuelo. La turbación de don Pablo era completa; a veces parecía olvidado de sí mismo, dejábase caer en una silla, apoyaba la cabeza sobre la mesa, y tras largo rato, levantándola, apretábase la frente con ambas manos;

enseguida crispaba los dedos y estrujaba la cuenta entre ellos; a ratos su imaginación volaba a sus hijos, iba a sus esclavos, y, por encima de todo, en ese volcán de ideas que le ofuscaba, perturbaban su cerebro la dignidad y la honra comprometidas; experimentaba escalofríos, y un sudor imperceptible le adhería los cabellos a las sienes; ligeros estremecimientos recorrían su epidermis, y la respiración corta y precipitada ahogaba sollozos prestos a escaparse.

Todos dormían o parecía que dormían en aquella casa. Margarita, acometida de fuerte jaqueca, su malestar casi cotidiano, hallábase recogida en la alcoba: el sueño escapaba a sus deseos, y los dolores del alma, asociados a los del cuerpo, la tenían postrada. En la rinconera oscilaba la lucecilla de la mariposa nadando en el aceite de la candileja, lámpara perpetuamente encendida ante las imágenes de su devoción; fijaba a ratos la mirada en aquella luz tenue rodeada de un nimbo nebuloso, y cerrando los ojos y suspirando, hundiendo la cabeza en la almohada, evocaba su pasado y temblaba ante el porvenir.

Escuchó las pisadas de su marido recorriendo la sala, y levantándose sigilosamente, asomó la cabeza por la entornada puerta. Contempló sin ser vista aquella cara enflaquecida por el sufrimiento, sintió congojas, respetó aquel dolor sin lenitivo, y sin palabras con que llevarle algún alivio, retirándose en puntillas, volvió a su primitiva posición y elevó a Dios las oraciones más fervorosas.

Acompasados y tardíos resonaban sobre el piso los pasos de Delamour; así engañaba su propia agitación, contenía el batallar de su cerebro, y daba tregua al vaivén de resoluciones que oscilaban en él, sin dejarle un momento de reposo.

—¿Qué hacer? —repetía quedo y por instantes, mordiéndose el labio inferior y moviendo febrilmente la cabeza.

—¡Qué hacer! —exclamaba, y continuaba con más asiduidad el andar comenzado.

Los rayos de la luz, con el movimiento de don Pablo, fantaseaban sombras imaginarias que ora ascendían o disminuían como adheridas a su cuerpo. Las figuras de los cuadros parecían moverse, y el retrato de su padre despedía tintes melancólicos, según le llegaba más o menos claridad: ráfagas blanquecinas, ondas luminosas brotaban de la oscuridad y desaparecían a compás del movimiento.

Iban transcurriendo las horas, y no traían a su ánimo tranquilidad alguna. Los albores del día no tardarían en anunciarlo, y era preciso tomar de una vez una resolución decisiva; la mirada tornábase inquieta, fruncía el entrecejo con dureza, y en la vaguedad de la vista leíanse los indicios del desvarío más acentuado.

Detúvose repentinamente, estrujó la cuenta con rabia, y la arrojó con fuerza. Al ruido que hizo esto, la voz de Margarita, cariñosa y suplicante, le reconvino diciéndole:

—¡Pablo! —se comprendieron, y, trémulo, le respondió Delamour—: ¡Margarita!

Saltó sobre la mesa un gato blanco de Angora, el favorito de la casa, que despertó a las exclamaciones; fijó los ojos fosforescentes en su dueño, arqueó el lomo, espeluznó la cola, con suave *ron-ron* restregóse en los brazos de Delamour, apoyado en la mesa; maulló dulcemente, volvió a repasar el sedoso pelo contra su dueño en señal de cariño, y éste, pasando la mano instintivamente por la cabeza del animal, quedóse mirándolo extraviadamente, y como si en aquel ser hubiese una inteligencia que pudiera adivinar y sentir sus dolores y los compartiera, murmuró de nuevo amargamente:

—¡Perdidos!

II

En tanto, el horizonte de Cuba se oscurecía; el año se había señalado en su principio por esa alegría retozona y bulliciosa con la cual la humanidad civilizada se enmascara, dando al olvido sus constantes sinsabores: viajero cansado, arroja al final de la jornada la pesada carga del año que termina. El pueblo, vistiéndose de gala, cruzaba felicitaciones y deseos, y regalándose con las notas de la seductora danza cubana, vibrando en los aires acompañada con el *tun-tun* de las tamboras del esclavo —completamente libre en el día de Año Nuevo— olvidaba penas y fatigas.

En muchos años no se había presentado otro tan fértil como aquel. Con las continuas lluvias del otoño del pasado 1867, se mantenían las plantas lozanas y vigorosas; las cosechas de azúcar, café y cacao prometían ser espléndidas; el comercio se desarrollaba sin temor; parecía que los habitantes de la Isla eran los seres más felices de la tierra.

Inconscientemente trataban de engañarse a sí mismos gobernados y gobernantes: el capitán general de la *Siempre fiel*, Francisco Lersundi, había efectuado su anunciado viaje al departamento Oriental, y Joaquín Ravenet, el brigadier gobernador militar y civil del Departamento, lo había recibido con los halagos que sugieren al inferior las ansias de hacer agradable la visita al superior jerárquico.

Arcos triunfales, bailes, fuegos de artificio, banquetes, todo se había concertado para recibir dignamente al representante de la nación. La alegría debía retratarse en todos los semblantes y desbordarse en toda la escala social: se autorizaba al pueblo para toda clase de diversiones lícitas, y se permitía que los negros africanos saliesen a las calles con sus tajonas y sus cabildos y su rey —parodia ridícula de las monarquías—, acudiendo a recibir y a felicitar al jefe supremo de la nación en la Isla.

Bajo aquellas bóvedas de follaje, de banderas y de arquerías con que se engalanaba la población, había atmósfera asfixiante; notábanse miradas de reconocimiento, llamaba la atención el exceso de servilismo inconcebible sin un plan preconcebido: la lava ardía bajo las plantas y no se notaba. Había algo de fatalismo y de providencial en los sucesos, haciendo escapar a la perspicacia de las autoridades la urdimbre de la tela que groseramente ante sus mismos ojos se tejía sin recato ni disimulo.

Tras días de fatigas y de locura tornó la población a su vida normal, el general a su residencia, el público paseante a sus retretas en la Plaza de Armas; los diarios *El Redactor* y *El Diario* de Santiago a sus editoriales soporíferos, y las autoridades, contentas y satisfechas, publicaban su alegría por «el amor entrañable de este tranquilo pueblo a sus seculares instituciones, y por la armonía y cordura de los habitantes, no habiendo tenido que lamentar el más leve desliz en medio de tanto tumulto». ¡Paz octaviana!

Europa, en tanto, era un hervidero, y España bamboleaba en sus cimientos. Los jóvenes estudiantes se contaminaban en aquellos centros, saturándose de ideas de expansión, de progreso y de libertad más que de las ciencias que habían ido a aprender.

El amor acendrado de la juventud a la patria se desarrollaba, con distintas fases, en dos corazones que palpitaban según el medio ambiente que respiraban: síntesis de aquellos días eran Granada y Delamour.

Agustín Granada, residente en Cuba, empleaba en sus cartas un lenguaje templado y razonado en la expresión de sus ideas. Pablito Delamour, desde el colegio en Burdeos, era enérgico batallador, con la exuberancia de vida que dan los veinte años en una tierra de libertad; convergían a un mismo fin por procedimientos distintos.

Dos cartas cruzábanse entre ellos condensando recíprocamente sus pensamientos y sus juicios.

Agustín Granada escribía:

«Darte cuenta de lo que ocurre por acá, que fue lo que me encargaste, y creo haber cumplido hasta ahora, ha sido mi constante afán; pero hoy, dejando este encargo a *El Diario de Santiago de Cuba*, que te incluyo, pasaré a fijarme en un solo punto que, inadvertido y secundario para muchos, reviste para mí carácter especial: tú juzgarás: la visita del general Lersundi a los masones de esta ciudad.

»Yo no entiendo nada de masonería; pero, por lo que colijo, debe haber de parte y parte deseo de engañarse mutuamente. Siempre he oído decir que los masones son conspiradores, y como sociedades secretas se les ve ejerciendo cierta influencia: aquí se les considera como completamente desafectos al gobierno: si lo son, ¿a qué la visita de Lersundi? ¿No habrá querido él conocerles y tenderles un lazo, y no habrán querido ellos pasarle la mano, ponerle una venda y darle gato por liebre, como vulgarmente se dice? Tú dirás.

»Las fiestas excesivas, los alardes de regocijo, todo me ha parecido de mal augurio, y si por España, según noticias, soplan malos aires, mal estamos y mal andamos.

»Dado el carácter que se atribuye a Lersundi, su espíritu reaccionario, me parece que no es él el hombre que se debió haber mandado para gobernarnos, y menos, mucho menos, después de la rota de Santo Domingo: nada contamina tanto como el ejemplo. ¿Entiendes, Fabio?

»El gobierno se pierde y nos pierde: se ha olvidado por completo de nosotros. No puedes figurarte cómo ve papá el cataclismo ya encima, y tan es así, que ha determinado dejar a Cuba, y a fin de año tendré por esto el gusto de darte un buen abrazo.

»Tú conoces cuánto he deseado el progreso y cuánto, siguiendo las huellas de papá, he hecho propaganda de paz, anhelando el adelantamiento de Cuba, verla en el camino de la libertad, evolucionando libremente y, sin que costara una lágrima y... ¡cómo me descorazono! Nada, nada y nada.

»Hay que repetir con los árabes: *estaba escrito*. Por mi parte, llevaré mi conciencia tranquila; yo y los míos hemos hecho cuanto nuestras pocas fuerzas nos han permitido para alcanzar el bien: si se escapa, cúlpese a los que mandan, no a los que obedecen.

»¿Habrá remedio para el mal cuando se desarrolle éste como lo presentimos? ¡Dios lo sabe!»

Esta misiva había sido precedida de esta otra, de Pablito Delamour:

«Por la tuya, fecha 21 de febrero último, sé que Lersundi anda visitando la isla, y probablemente a esta fecha habrá estado en esa: su recibimiento habrá sido, como tú lo esperabas, con mucha pompa y mucha adulación al tiranuelo de mi patria. *¿Quosque tandem?...*»

Y tras párrafos de consideraciones generales, continuaba Pablito:

«Me alegraría estudiar bien la geografía de la Isla; por lo tanto, lo cual es fácil, espero me mandes la última edición de dicha Geografía, publicada por la Torre, con un plano bastante extenso, pues poniéndolo todo bajo una faja y un sobre puede llegar a esta ciudad por correo.

»Quiero conocer perfectamente el país donde antes de tres años pienso pelear por su libertad, para lo cual, cuando yo me vea en Cuba, procuraré menear este asunto que tan tranquilo está, y que no puede atribuirse a otra cosa que a la cobardía de mis paisanos, que solo piensan en tonterías en vez de ocuparse en formar comités revolucionarios en La Habana, en esa ciudad y en Puerto Príncipe; en un momento dado podría levantar cada uno hombres suficientes para empezar, que ya luego se triplicarían en menos de quince días; el mismo gobierno contribuiría a aumentar los hombres con medidas de rigor. Yo me ofrezco a ponerme al frente de una compañía, o a las órdenes de cualquiera, si necesario fuese. En confianza, sábete que soy más militar que paisano; me he dedicado a adquirir conocimientos militares. ¿Para qué habrán de servirme si no han de ser para allá?

»No puedes figurarte cómo va aumentando en mí ese amor a la libertad y a la independencia; ayer he tenido una gran discusión con varios españoles, aquí. Te agregaré que la idea de independencia voy creyendo que es innata en todos los pueblos: unos cuantos argelinos, condiscípulos míos, piensan de Francia lo que yo pienso de España: se nos juzga cobardes, y esto se aproxima mucho a la verdad, porque, ¿cuál es la causa de que ya no se trabaje por la independencia? Yo creo que es el miedo a que fusilen a media docena. ¿No es esto una cobardía? En fin, lo que yo deseo es poder ir por ahí pronto, que procuraré entonces mover a la gente, para romper el látigo del tirano que continuamente nos azota y hace de la deliciosa Cuba un país detestable.»

El cielo político se nublaba cada vez más y más, y aunque encontradas las opiniones, como en estas dos cartas, era visible que se marchaba a un desquiciamiento cuyo desenlace era difícil prever, y sin que pudiera conjeturarse tampoco el dónde y cuándo de los sucesos, cuya realización, más o menos próxima, anhelaban unos, respetaban otros, y temían la mayor parte.

III

Una tarde, a la puesta del Sol, vestido el horizonte de transparente azul polvoreado de oro, difundíase la luz tenuemente, variando de tintes cuando más iba el crepúsculo robándole cielo al día.

Cruzábanse en distintas direcciones fajas luminosas y rayos de azul más intenso que, partiendo de un centro, en busca del cenit, cortaban los vapores que a la proximidad de la noche empezaban a acumularse. Tiñéronse de arrebol los contornos, pintáronse después ligeramente de carmín, enrojecieron luego completamente, y enviando su esplendor de púrpura a la tierra, bañaron con visos sanguíneos los objetos, dándoles aspecto fantástico. Desaparecieron los últimos cambiantes de luz, y un color violáceo oscuro llenó de tinieblas los lugares donde antes imperaban los tonos alegres, y allí, desde la punta de *La Fortuné*, así como en la atmósfera se esfumaban y desaparecían los colores, se perdían también en la vaguedad de los espacios la mirada y la inteligencia de Pablo Delamour.

A fuerza de súplicas consiguió de sus refaccionistas el que aplazasen para el 31 de diciembre la ejecución de la medida que contra él se había dictado; la cosecha de café prometía ser abundantísima, y esa suspensión hacíale concebir nuevas esperanzas. ¡Si la deuda llegase a disminuir, había otro respiro de seis meses! Pero era preciso contar con el tiempo, ¡y si el tiempo no se presentaba favorable...! Cansado y enfermo de tanto batallar, agobiado por las ilusiones, los ideales y las decepciones que violentaban su cerebro desde muy joven; quebrantado en la edad madura por los últimos pesares, íbase nublando aquella inteligencia tan clara, perdiendo por ráfagas la conciencia de su ser: una atonía general invadía su organismo y se traducía en un estupor que le hacía indiferente a todo cuanto le rodeaba.

La crisis del mal se determinaba en aquel momento: el aspecto sombrío de la naturaleza resolvía por su solo impulso lo que el tiempo había venido labrando lenta pero seguramente. Las nubes sanguíneas, las manchas violáceas precipitaron el desastre, desvaneciendo en un instante los pocos destellos de percepción inteligente: reprodujéronle un suceso del cual había sido testigo, y que, agravando la enfermedad, fue un eficaz auxiliar para el desarrollo de la locura: aquella mañana, al salir de Santiago, su cerebro y su corazón habían sido destrozados por un espectáculo sangriento.

Seguido del fiel Juan, llegaba al Campo de Marte, cabalgando deprisa, con ansias de llevar a Margarita la nueva feliz del respiro alcanzado hasta diciembre, e iba ajeno a lo que en aquellos momentos pasaba en la población. Su imaginación, concretada a su porvenir desesperado, tenía abstraídas todas sus facultades: en medio de todo el mundo, se encontraba completamente solo.

La multitud, corriendo tumultuosamente, cerróle el paso. Obligado a detener la cabalgadura, salió de su abstracción y fijóse entonces. Buscó con la vista la causa de aquella agitación de la muchedumbre, y vio hacia la izquierda, junto a las tapias del cementerio de Santa Ana, soldados formados en fila, aguardando algo, y un piquete de lanceros, hacia la cuesta que conduce al camposanto, impidiendo el paso a las gentes. Oyóse el toque de una corneta de órdenes, y callado el enjambre humano, reinó profundo silencio, quedando convertida la plaza en una especie de cámara mortuoria. Sentíase el palpitar de los corazones.

Turbóse el silencio por el redoblar fúnebre de un tambor destemplado, y un movimiento de oleaje hizo oscilar la pared viviente, imprimiéndole un avance; los ojos buscaron curiosos lo que aguardaban impacientes, y las últimas filas, empinándose sobre las puntas de los pies, dominaron a las que les velaban el espectáculo.

La calle de las Enramadas dio paso a una siniestra procesión. Precedíale un negro, de cuyo cuello colgaba ancha toalla de seda morada, con la cual envolvía el mango de una campanilla, cuyos sonidos agudos y constantes repercutían como un clamor desesperado; seguía a éste otro, con la misma especie de faja morada, llevando alzada una cruz, y clavada en ella la imagen del Crucificado, lacerado por el tiempo y por manchas chillonas, azulosas y carmíneas; detrás de éste un sacerdote, y en dos hileras individuos vestidos de negro, llevando cirios encendidos. Rezaba el sacerdote las oraciones de los agonizantes, y contestaban los demás, que ostentaban la cruz de plata de la «Congregación de la Misericordia» descansando sobre el pecho y sirviendo inconscientemente con aquella pompa a la negación de la misericordia.

Informe pelotón desordenado bambolea en el centro; hombres maniatados, casi sostenidos por sacerdotes que los exhortan a bien morir y les hacen besuquear un Cristo, se arrastran más que caminan. Flaquean las piernas, y el temor a la muerte se aumenta por el lúgubre tañido de la campanilla, por el fatídico redoble, por el ostentoso y cruel aparato, por las preces de agonía repetidas en coro, helando el alma de las víctimas con la hipocresía de la piedad. Los escoltas empujan, tambalean reos y sacerdotes; al acompasado marchar de las tropas se mezclan gritos de desesperación y alaridos de terror; en aquellos hombres de rostro pálido y desencajado, el de los blancos, y desencajado y blanco de espanto el de los negros, que van mascullando maquinalmente palabras incoherentes de catecismo, en algunos cuelgan los labios de una boca entreabierta que babea, o penden, apretados por los dientes, tabacos encendidos que se mascan convulsivamente; y junto al relumbrar de las bayonetas heridas por el Sol, flamean las banderolas de los lanceros despejando la carrera que sigue la fatal comitiva.

Desde su montura, temblando impresionado, llevó Pablo Delamour la mano al sombrero, y descubriéndose con el mayor respeto como ante la más grande santidad, elevó los ojos al cielo; palideció como pálidos y cenicientos estaban los que iban a ser ajusticiados, y ante el derecho de la fuerza en desarmonía con sus sentimientos, parecióle que algo se desmoronaba en él y que a la vista de aquel suceso se le borraba la memoria y se le nublaba la razón.

Apenas libre el tránsito, lanzó el caballo al galope, y apenas franqueada la última tienda de la entrada, una descarga, seguida de otras dos, hirió sus oídos, estremeció su corazón e hízole emprender una carrera desordenada. La hecatombe ordenada por un consejo de guerra, cumplimentada por el gobernador Ravenet, con presos sublevados en la cárcel de esta ciudad, había sido consumada.

A los toques alegres de las cornetas de las tropas que desfilan, al ruido de la multitud que se dispersa, a los comentarios en alta voz, a los altercados que se suceden, vuelve la población a su curso natural, alterado momentáneamente, y se armoniza con ese conjunto el tañido acompasado y melancólico de las campanas de Santa Ana, que no cesan de doblar por los que acaban de morir, y hieren y retumban y persiguen y desgarran a Delamour hasta en la misma *Fortuné*, el toque funerario, los gritos de desesperación y el estampido de las mortíferas descargas.

IV

La Fortuné era toda actividad, y los negros, diligentes en el trabajo, se estimulaban los unos a los otros con canciones que, en son de réplica, se cruzaban de una a otra cuadrilla. Chirría la rueda del molino descascarando el café; chasquea el látigo incitando a la pareja uncida al eje, y grita el negrito que corre junto a la rueda arreando las cabalgaduras.

Los secaderos rebosan y el aventador golpea incesantemente elevando columnas de polvo y levantando montañas de cáscaras. Mueven ágilmente los dedos las trilladoras, escogiendo los granos, y menudean entre ellas cantares llenos de sentimiento. Apuraba el trabajo: las lluvias otoñales, demasiado abundantes también en el momento de la recolección, en el mes de octubre, dificultaban la pronta manipulación, y eran necesarias la voluntad de la negrada, la vigilancia de los contras y la eficacia del dueño, para aprovechar los rayos del Sol, que, como a escape, secaban el fruto tendido en los secaderos.

Delamour, sosegado, con una quietud imperturbable, pasaba ciertos días sumido en la lectura de los libros de su biblioteca, devorándolos uno tras otro, o en otros días, completamente abstraído, entreteníase en aguzar la punta de su bastón. Su conversación reducíase a monosílabos a veces a veces hablaba con una locuacidad extraordinaria, y entonces —cosa rara— era su lenguaje sarcástico y burlón; obedecía sin resistencia a aquello que se le indicaba, y su locura no se mostró nunca por un acto de arrebato: apenas dormía; las noches y los días los pasaba en vela.

Margarita, revistiéndose de energía, tomó la dirección de la hacienda, y fuele fácil la tarea por la espontaneidad con que sus esclavos se dedicaban a sus faenas; la administración no se resintió del alejamiento del dueño, y ayudada fielmente, los trabajos continuaron bajo el mismo pie.

Magdalena, siempre junto a su padre, tratando de adivinar en él deseos que no surgían, consagróse a estar a su lado ocupada en el *crochet* o en la costura. Tenía el loco una hora semilúcida maniática, invariable: las tres de la tarde. Era esta hora la ansiada por Magdalena, porque en ese momento revivía su padre para ella; pegadito su mecedor al del enfermo, recibía de éste un tomo de *Los Natchez*, y abierto al azar, le indicaba su padre que leyese, y ella, besándole en la frente, leía con énfasis deseando transmitirle, con toda la efusión de su alma, las palabras vibradoras de los Sachen, el movimiento del Meschacebé, esperando en su ilusión de niña ver despertar de su letargo en algún día, con el poema de Chateaubriand, aquel cerebro que tanto había pensado. ¡Y su fe estaba solo en Dios!

La impotencia de sus esfuerzos se traducía por una tristeza cada vez mayor, que daba nuevo encanto a aquella criatura nacida para el sufrimiento.

La desgracia las encontró fuertes: madre e hija no se doblegaron a los acontecimientos; ahogaron sus dolores y batallaron valerosamente como si toda su existencia no hubiese sido otra; un afán dominaba a ambas: «¡Que no sepa nada Pablito!». ¡Mentira santa que debió bendecirse en los espacios!

El 10 de octubre de 1868 dividió, partiéndola en dos, la historia de Cuba. Su pasado, la vieja historia, cayó en pedazos, arrastrando consigo las vejaciones encubiertas hasta entonces; y el porvenir, la nueva era, borró el estigma que pesaba sobre los habitantes de la Isla: la esclavitud.

«La tierra de las grandes abominaciones», despertando de su letargo, se levantaba en armas. Como a impulso de una chispa eléctrica, conmovióse la Isla, y al grito de *¡Cuba libre!* lanzáronse al campo ciudadanos pacíficos cuyas manos solo habían conocido las armas del trabajo.

El grito de Yara resonó en Santiago de Cuba fatídicamente; había sido campana funeral llamando a juicio, y los intereses alarmados, previendo los desastres, preparáronse a salvar del naufragio la mayor parte posible.

La guerra, desconocida por completo en esta tierra virgen, recibióse por las masas con la alegría infantil del niño en posesión de su primer juguete.

La libertad, la diosa deslumbradora, dio expansión a los espíritus comprimidos, y el colono cohibido y el esclavo embrutecido aplaudieron el grito que rompía con la opresión en que se les mantenía. No previeron los horrores de toda guerra, de una guerra civil, de una guerra de independencia, con nobles abolengos de crueldad; de una guerra cuyo desenvolvimiento y cuya manera de ser están ya escritos de antemano en la historia, en donde en cada página se orea la sangre humana con el calor de los incendios.

Con una candidez incomprensible dejó el campesino en el surco la esteva del arado y empuñó el machete, y el esclavo cambió el calabozo por la punta de cuaba, y armados así, se lanzaron a una pelea en la cual había de apurarse hasta las heces el cáliz de todas las amarguras.

Los sucesos se desenvolvieron con rapidez vertiginosa, y de Maisí a Cabo Cruz, y de las Villas a Baracoa, turbóse la calma de los bosques seculares con endechas de *El Cubano Libre*, con el himno nacional *La Bayamesa*, con el toque de rebato del *guamo*, con el silbar de las balas, con el humear de la pólvora; y la bandera gualda y roja halló su rival en la de la estrella solitaria asentada sobre las listas azules; y la comarca cubana las vio a ambas pasear sus colores, ya a los rayos del Sol o ya flameando a las llamaradas de los incendios cayendo o alzándose, victoriosas o rasgadas. Una calma relativa y ordenada permitía las comunicaciones al principio; las nubes preñadas de electricidad aún no habían escupido el rayo; todavía la guerra sin cuartel no se había decretado; el insurrecto era un filibustero o se le clasificaba de patriota; el *mambí* no había nacido todavía.

Los almacenes refaccionistas se apresuraron a dar el alerta a los dueños de fincas, previniéndoles de que estuviesen preparados para, al primer aviso, venir a la ciudad con las dotaciones: no se les indicaba otro motivo si no el que era preciso evitar el que marchasen a la insurrección; suponíase que ésta sería sofocada en breve; las proclamas de los gobernantes lo indicaban así, y el gobernador Ravenet, con una puerilidad senil, recordaba a los habitantes del Departamento Oriental la energía que había desplegado cuando los acontecimientos ocurridos en la cárcel pública. Comenzaba a incubarse la idea de vender las dotaciones para Cienfuegos.

En el campo fue grande la alarma a la noticia de la sublevación: cada cual temió por su conducta pasada, y el terror se impuso. En relación con las demás fincas, la alarma fue poca en *La Fortuné*; Margarita juzgó las noticias como exageraciones, y no escuchando más razones que las que le dictaban sus defectos de carácter, midió con el mismo rasero a los esclavos y a los cubanos, y considerándolos ineptos para ninguna resolución enérgica, pensó que el hecho de la rebelión carecía de importancia, y además agregaba:

—Esos cuatro revoltosos acabarán como acabó Narciso López —y no se ocupó más en el asunto, y se consagró al laboreo del café que debía salvarles de la ruina.

Magdalena, más perspicaz a pesar de su juventud, y quizás por las cartas de Pablito, tembló al enterarse del movimiento. Su naturaleza, toda delicadeza, se había desarrollado en las ideas y los sentimientos de su padre; revivía en ella lo que de él había escuchado, y aquellas palabras, olvidadas por los demás, resonaban en sus oídos y le decían que el momento supremo predicho había llegado. Se afligió únicamente al considerar que eran fatalísimos para ellos los momentos en que la Revolución surgía.

Llamó al fiel Juan, y poniéndole en el secreto de lo que se decía, le encargó que por su cuenta vigilase la finca, para que no les sucediese daño; que atendiese al estado de su pobre padre enfermo, siempre tan bondadoso; a su madre que, aunque de carácter irascible, ellos sabían que no era mala; y que recordase a Pablito, para quien tanto se trabajaba.

—No tenga miedo, mi niña. Juan es esclavo de su *mersé*; todos queremos a mi amo, a mi señora y a mi señorita: nadie tocará a su *mersé*.

La insurrección, en tanto, como el agua de una inundación, subía y subía. Los emisarios se cruzaban, y a *La Fortuné*, como a las demás haciendas, había llegado uno trayendo la buena nueva, e invitando a la dotación para que a una señal abandonasen la finca.

Aquella noche debía ser el conciliábulo. De acuerdo varones y hembras, juntáronse en un *sao alto*, en una hondonada del terreno; el suelo no estaba muy seco, y una pequeña fogata, humeando, alumbraba el lugar de la reunión con los reflejos de las llamas, cuando éstas flameaban, o quedaba a oscuras cuando el humo ahogaba las llamas.

La mayoría estaban de pie, algunos en cuclillas, y alguna esclava, casi echada, daba de mamar al hijo. Juan y los contras estaban también allí; sin su consentimiento no hubiese sido posible la junta.

Había algo de soberbiamente fantástico en aquel conjunto abigarrado de tipos y de trajes, envueltos en la sombra que proyectaban los árboles. Atentos a la sorda arenga del emisario, negro también, escuchábanle serios o sonreían mostrando la blanca dentadura, y las mujeres palpitaban satisfechas: la halagadora palabra libertad, despertando sus instintos, les prometía campo de felicidad sin límites, y si para Juan y algún otro era indiferente la peroración, no así para la mayoría; la adhesión era completa, y daban ya su asentimiento moviendo la cabeza, cuando una negra carabalí, viejecita, advirtió «que todo estaba bien, pero que nada se podía determinar sin el consejo de *papá Zephir*».

Salieron enseguida en busca de *papá Zephir*, y a poco volvieron con él. *Papá Zephir* era un negro cangá, de ochenta años cumplidos, y fuerte aún como las palmeras. Africano de noble estirpe, llevaba su ejecutoria en las múltiples cicatrices dibujadas en la piel; llegó reposado, enhiesto, el labio desdeñoso, abrigado en su capote y apoyado en un bastón como en un cetro; un sombrero viejo de castor cubría la blanca cabeza, y una barba y unos bigotes escasos y canosos servían de marco a la arrugada piel de la cara, donde brillaban dos ojillos vivos e inteligentes.

Plantóse en el centro del corro, y apoyado en el bastón, aguardó: el emisario volvió a repetir lo dicho antes: «que hablaba por encargo del general y de Cuba libre».

—¿Cub lib; sá sá yé sá?[20] —inquiere altivo y con tono autoritario.

Y el emisario relata, y explica que Cuba en armas da la libertad a los esclavos y destruye, quemándolos, esos lugares que son cuevas de la esclavitud.

Escuchó *papá Zephir* atentamente lo dicho; pendientes de sus labios estaban los demás, y nadie perdía un movimiento de su rostro.

Después de oír, cerró los ojos, y apoyado en el bastón reflexionó, abstraído profundamente; luego irguióse más altanero, pareciendo aumentar de estatura al enderezarse, y dando con el bastón dos golpes de mando en el suelo, dijo, en son de mando, paseando la mirada con fiereza por el grupo:

—*Pá bulé ist. Met nu sé bon met. Pesón pa pi alé.*[21]

El augur, el brujo, el Dios había fallado: los deseos o el asentimiento dados al emisario quedaban retirados; los esclavos de Delamour seguirían la suerte de sus amos: no debían aceptar la manumisión de nadie: eran propiedad de un amo bueno; romper esa legalidad, sería perjudicarle: la revolución, pues, no tenía que contar con ellos.

---

20   ¿Cuba libre; qué cosa es esa?
21   No quemar aquí. Nuestro amo es buen amo. Nadie se irá.

V

¡Insensato el que crea posible encauzar las aguas de un torrente desbordado!

El movimiento revolucionario, brotando al grito de «¡Independencia!» en los llanos en que el río Cauto, ancho y majestuoso, va a perderse en las amargas ondas del mar, se extiende cual lava ardiente, destruyendo y calcinando cuanto halla a su paso.

Vorágine absorbente de todas las ideas, llevó tras sí cuanto hombre importante era el orgullo de la sociedad cubana y cuanta espuma sobrenadaba en el maremágnum social. Las ciencias, las industrias, las artes, acudieron con su valioso contingente: a ellas tocó crear y dirigir; el pillastre y el cuatrero, marchando a la vanguardia, determinaron con su movilidad y su atrevimiento la acción enérgica de la guerra en los primeros días, y el campesino y el esclavo, por su sobriedad y su resistencia, sosteniendo el movimiento iniciado, prolongaron la primera etapa que, comenzando en *La Demajagua*, debía concluir en el Zanjón.

El alud, dado el impulso inicial, siguió su curso aumentando en velocidad, sin que hubiese fuerza humana bastante enérgica ni capaz de detenerla ni de llevar la dirección suprema. A pesar de la idea concebida en los primeros momentos, de respeto y garantía al individuo y a la propiedad, el ejército cubano, fraccionado en grupos, continuó en su desarrollo, llevando cada partida los sentimientos encarnados en cada jefe; y el incendio, decretado como medida material solo en caso imprescindible, se acrecentó con la devastación sin límites; y a las ejecuciones impuestas por ceguedad de las autoridades españolas, pensando someter por el terror siguieron las represalias de una guerra a muerte: cruel e implacable.

El partido de *La Amistad*, al despertar un día, se encontró invadido por bandas de revolucionarios y la turba de gente, asegurados los puntos estratégicos, se extendió por las haciendas para dar cumplimiento a tres órdenes precisas e ineludibles: recoger armas y municiones, incorporar las negradas, e incendiar los edificios.

La Fortuné no podía evitar la suerte de las demás haciendas: no había excepciones. La tea, devorando las fincas de los adalides de la independencia y reduciendo a cenizas la secular Bayamo, por mano de sus propios hijos, marcaba el derrotero fatal.

Serían las ocho de la mañana y se alistaban los sacos de café que debían enviarse a la ciudad de Santiago, cuando una partida hizo irrupción en la finca, llevando con ella la sorpresa y la alarma.

Pacíficos todavía, llegaron sin gritos ni vociferaciones: tenían que aguardar órdenes y se limitaron a colocar centinelas, no interrumpiendo las faenas de la hacienda.

La natural zozobra de Margarita hizo que ésta conferenciase con Juan y los *contras*, y que creyese, por vez primera, que era posible una lucha a la cual había juzgado y estigmatizado con el epíteto de *cuatro revoltosos*. Negando derecho, tanto a los blancos como a los negros, para ese levantamiento, maldijo desde el fondo de su alma la insurrección, no vislumbrando aún todas sus consecuencias, sino porque irremisiblemente habría de traer trastornos a los negocios. Disimuló profundamente sus temores, afrontó valerosa el peligro, mandó se tratase bien a los insurrectos, y continuó en el molino sus ocupaciones diarias.

Poco tiempo hacía que la campana había llamado a los negros al descanso del mediodía, y en tanto almorzaban, haciendo comentarios respecto de la gente armada que pernoctaba en *La Fortuné*, cuando el ruido de un caballo al galope, sonando duramente las herraduras, llamó la atención de la gente, que acudió a conocer al que llegaba.

—¡Alto! ¿Quién va?

En un caballo moro azul, de cañas enjutas, vigoroso, de ojos vivos, brioso, tascando impaciente el freno y cubierto de espuma, viene jinete un mancebo lleno de juventud y bizarría. Viste de dril crudo semiaplomado, con la blusa-chaqueta que más tarde tomará el nombre genérico de *mambisa*; un largo machete pende del lado izquierdo, un revólver *Smith* del derecho, y una carabina va ajustada a la silla de montar. Calza polainas de cordobán, y los estribos y las espuelas son de plata. La fisonomía es arrogante: los ojos audaces van estudiando al lugar al cual llega, y la tez trigueña, y las patillas negras y dadas al viento, y la franqueza del rostro, nos presentan un tipo de pura raza criolla. Al «¿quién va?» se empina un tanto sobre los estribos, lleva la mano al ancho sombrero de panamá adornado con la *estrella solitaria* y la *cinta tricolor* y descubriéndose la cabeza, contesta altivo:

—*¡Cuba libre!* —besa el Sol aquella frente que se descubre al alerta del soldado y que envía en cambio en su respuesta el anuncio de una nueva era, personificación de la revolución, encarnación de la libertad.

Entregó el caballo a un soldado, y llegóse a la casa, donde, desde la escalinata, esperaba Margarita.

—Señora, traigo una comisión un poco dura para ustedes. Vengo, cumpliendo órdenes superiores, a *recoger* los negros útiles para la guerra, y al mismo tiempo...

Se interrumpió al notar que llegaba Delamour, apoyado en Magdalena. Comprendió al instante que allí había dos inválidos, el enfermo y la niña, y volviéndose a Margarita, preguntó:

—¿Son su esposo y su hija? —y añadió apresuradamente—: Señora, aproveche los instantes; llévelos lejos de la casa, recoja usted lo que quiera; la orden es terminante y estoy en atraso: tengo orden de quemar las haciendas, y vengo a eso.

Estas palabras y el tono resuelto con que fueron dichas, hirieron de lleno a Margarita: toda su sangre afluyó a su corazón, y se llevó al pecho ambas manos; púsose blanca como su bata de batista, y tuvo que reclinar el cuerpo contra una columna: el vértigo veló sus ojos y la sorpresa la enmudeció.

—Señora, es doloroso... Aguardaré, pero no pierda el tiempo.

—Sí, sí... pero... ¡esto no puede ser! He comprendido mal... ¿Decía usted, caballero?

—Es orden general, señora. Comprendo que es muy duro; pero es la orden.

A la insistencia resuelta del mancebo, su energía, aletargada por la sorpresa, tuvo un conato de rebelión: sus mejillas se tiñeron de carmín, y avanzando exclamó:

—¡Nunca! ¿Qué? ¿Quiénes son ustedes? —y escudriñaba el montón de pensamientos que bullían en su cerebro buscando una frase de amparo, de súplica, de injuria quizás, con que contrarrestar la expoliación anunciada; batía el aire con los brazos y se agitaba nerviosamente, cruzando por delante de la puerta.

—¿Qué quiere este caballero? —dijo la voz reposada de Delamour, quien, con una inclinación de cabeza, saludaba al recién llegado.

Quiso Magdalena, que había oído parte de la conversación y adivinado el resto, llevarse a su padre; pero éste, oponiéndose con suave terquedad, volvió a preguntar:

—¿Qué quiere este caballero?

—Es que... papá...

—Pablo... es que... —intervinieron, interrumpiéndose, la hija y la madre, deseosas de evitar al valetudinario un nuevo pesar, aun dada su inconsciencia.

—Caballero, decíale a su señora que tenga la bondad de retirarse con ustedes a otro lugar; que abandonen la casa, pues traigo orden precisa de...

—¿Cómo? ¡Abandonar *La Fortuné*! ¿Mis refaccionistas me echan?

Y como si renacieran en él destellos de razón miraba a Margarita, se fijaba en Magdalena, y volviéndose tembloroso al joven, tornóle a preguntar:

—¿Nos echan? ¿No pagamos?... ¡Oh!

—No es esto, caballero; mi misión es otra. Veo que usted ignora lo que está pasando: los cubanos nos hemos levantado contra España; pertenezco al Ejército Libertador, y soy jefe de una partida. Para quitar recursos al enemigo, nos hemos visto obligados a destruir las fincas, y esto es lo que le decía a su señora, encargándole que se retirasen, pues no puedo dilatar el cumplimiento de mi deber.

Comprendió al través de las brumas de su cerebro lo que se le decía, y debió sentir penetrar en su aletargada inteligencia luz bastante que le explicara aquella escena; y olvidadas sus tendencias humanitarias, sus predicaciones liberales, adormecidos o ahogados por la enfermedad sus pensamientos revolucionarios, alzó vehementemente la cabeza hubo ráfagas de energía en las pupilas, adelantó rápido y vigoroso, y con fuerza increíble exclamó:

—¡Me echan! ¿Quién puede echarme de mi casa, de lo mío? ¿Conque dice usted, caballerito, que trae la orden, la orden de despojarnos?

Y recalcando cada palabra con fuerza incisiva, agresivo, mordaz y burlón, continuó con más energía:

—¿Conque nos echan? ¿Y quién?... —y midióle con la vista de arriba abajo—. ¡Un libertador de la patria! ¡Un soldado de Cuba libre! ¿Y con qué derecho proclamar la libertad y disponer de lo ajeno?... ¡Es muy fácil hacerse los héroes de esta manera! Oiga usted bien, caballerito; yo me he batido en las barricadas de París; yo me he batido por la libertad del mundo; yo... pero, no como ustedes, valientes con las mujeres y los viejos... ¡Ah! si fuera joven —y apretaba los puños y amenazaba con ellos— ¡no saldría usted vivo de aquí! —y como quien busca algo, le apostrofó, gritándole en su frenesí:

—¡Cobarde!

—¡Señora...!

—¡Caballero! —se adelantaron Margarita y Magdalena, suplicando desesperadamente, pintado el espanto en el semblante—. ¡No lo escuche usted! —y añadieron rápidamente y en voz baja—: ¡Hace tiempo que no está en su juicio!

—Lo creo, señoras; lo comprendo; llévenselo ustedes pronto, pues no podría responder de los demás y... ni de mí mismo. Me retiro; tiene usted media hora todavía: por mi gente no es posible aguardar un minuto más.

Aquello no era solo una amenaza: era un plazo conminatorio: se imponía la calma precursora de las grandes catástrofes y el silencio amedrentaba: había que obedecer. Juan vino a darles ánimo, y el negrito pagaba así con su abnegación el bien recibido. Le permitieron enjaezar la pareja de mulas y engancharlas al *quitrín* para llevar sus amos a Santiago. No había tiempo que perder.

Pasado el acceso, cayó Delamour en completo abatimiento; con la mirada empañada, yacía en un mecedor, sin expresión alguna, convertido en mole inconsciente.

—Pronto, mi señora. ¿Dónde están las prendas? Haga un paquete de ropas. ¿Dónde están los cubiertos de plata? ¿Qué más tiene su *mersé* que llevar? —y multiplicándose, fue el esclavo amontonando sobre una sábana ropas y joyas.

—Ahora, vámonos; ya ayudaremos a mi amo y llamando a los esclavos que, apiñados en la puerta, los miraban asombrados, alzaron éstos en peso a Delamour, sentado en el mecedor, y lo llevaron junto al carruaje.

Montó Magdalena, y al hacer esfuerzos los negros para levantar a Delamour y entrarlo en el vehículo, pareció volver aquél de su letargo, y mirando a uno y a otro lado, púsose a temblar, y como si obedeciese a una reminiscencia de lo recientemente sucedido, se agarró de Margarita, balbuceando:

—¡Escóndanme! ¡escóndanme! ¡me quieren matar! —y subiendo precipitadamente al carruaje, acurrucóse entre Margarita y Magdalena, repitiendo—: ¡Escóndanme!

Cuando partieron los mulos a escape, el almacén ardía ya, y el chisporroteo de las llamas y el humo blanco del café que se quemaba, anunciaron que la obra destructora era un hecho.

La *jila* se había formado espontáneamente: el común peligro y el espanto los había reunido como rebaño amenazado por la tormenta. Contemplaban los negros tristemente la destrucción de *La Fortuné*, y había terror en aquellas facciones desencajadas. *La Fortuné*, para ellos, era la patria, la cuna, el lugar santo donde reposaban los restos de sus padres. Preñados los ojos de lágrimas, oprimido el corazón, no se daban cuenta de lo que acontecía. La libertad, que hasta entonces habían entendido por conservación y aumento de la propiedad, se les aparecía en forma de ruina y aniquilamiento. Se les arrancaba de la adoración a su dueño, y se les incendiaba lo que a tanta costa habían tratado de conservar.

—¡Vamos, muchachos! —les dijo el jefe cubano—. Todo el mundo es libre: a reunirse con la tropa cubana.

A esa orden, como despertando de un sueño, hubo en la *jila* un movimiento general, y como una bandada de codornices alzando el vuelo a la presencia del cazador, sin necesidad de consultarse los unos a los otros, lanzáronse rápidos los esclavos por entre los cafetos, desapareciendo simultáneamente.

Solo permaneció, erguido y victorioso, *papá Zephir*, apoyado en su bastón a la desbandada, exclamó como había predicho en la sesión nocturna:

—*Pesón pa pi alé* —y al ¡bah! y al encogimiento de hombros del cubano llamando a su gente y desapareciendo a su vez del lugar de la acción, continuó él solo, enhiesto en su puesto, moviendo los labios desdeñosamente, murmurando como reproche o maldición, y enérgico e impasible y en nombre de todos—: *Pesón pa pi alé*.

VI

La soledad es dueña de *La Fortuné*: el calor de las llamas marchitó las plantas de los arriates; las hojas de los frondosos árboles de la alameda penden mustias también, y ruinas que humean, restos de muros y huecos de puertas o ventanas, señalan el lugar que ocuparon los edificios; un poste carbonizado llamea de tiempo en tiempo, alumbrando el lugar del siniestro como cirio funerario; y derecho, dominando ruinas y vegetación, se alza el campanario como un gigante, sobreviviendo al cataclismo, mudo testigo del presente como lo fue ayer del pasado, y dejando oscilar al viento la cuerda de la campana que cuelga al aire libremente. Juan, llegado de retorno de Santiago, caballero en el mulo de monta sobre el cual dirigió el carruaje, contemplaba tristemente aquel lugar de desolación, y diversos pensamientos se revolvían en su cerebro. La imagen de su amo Pablito no se le borraba un momento de la memoria; veía interrumpida su carrera y la miseria aproximándose a sus amos; por su parte había tomado una resolución «la suerte estaba echada», y no había vacilado.

Al llegar al Rodeo, límite donde concluye Escandell y comienza el pueblo del Caney, detuvo el carruaje, y sin decir palabra, se desmontó, desenganchó las correas, volvió a montar y partió a escape, dejando a sus dueños abandonados en medio del camino: ingratitud que tenía su razón de ser y que el porvenir debía explicar.

Anonadado Juan, no apartaba la vista de las ruinas, y a pesar de su ignorancia, en tropel le acudían ideas que le torturaban; el trato diario con sus amos, las consideraciones que con él se tenían, las conversaciones que había escuchado, habían ido poco a poco formando su corazón y dádole ciertas luces: era un negro ladino. Tuvo que violentarse al abandonar a sus amos, y se afligía profundamente por la triste idea que se habrían formado de su lealtad y de su cariño; conocía cuál era la situación pecuniaria de la familia Delamour, y sabía perfectamente por esto cuál era la suerte reservada a los esclavos: ser vendidos. Si hubiese entrado en la población, quizás le habría sido difícil partir de nuevo, y no dudó.

—«Dios lee en mi corazón —pensaba él— y llegará el día en que yo pueda sincerarme y pagarles con creces sus favores.»

Decisiva su determinación, quiso, antes de ponerla en planta, despedirse de sus compañeros; luego marcharía a reunirse con los revoltosos.

Dirigióse al lugar de los bohíos, y solo quedaban también las señales de éstos: las chispas de *La Fortuné* comunicaron el incendio al *guano* de los tejados, y todo había sido devorado por las llamas.

Al recorrer aquellos lugares queridos, despidiéndose de cada rincón, reflexionando que quizás no volvería a verlos, detuvo su mirada en un individuo sentado en cuclillas, y que, como él, contemplaba los restos del incendio.

El viejo *papá Zephir*, fijos los ojos en las ruinas humeantes, manteníase inmoble, apegado al suelo. Absorto y sin pestañear, no daba más señales de vida que el mover nervioso de las quijadas. El silencio era sepulcral.

Unos cerdos hozaban y se revolcaban en un lodazal, y unas gallinas se bañaban en las cenizas tibias, escarbando y levantando con las patas y las alas una nube de polvo.

—¡Papá Zephir! ¿y la gente? —preguntó Juan.

Fija la mirada en el negrito, sin poder darse cuenta de su presencia.

—Se fue *pa Cuba* —contestó, pronunciando distintamente cada palabra, como notas que caían de sus labios.

—¿Y tú?

—Me quedé.

—Toma, viejo papá, te dejo el mulo; no me hace falta; vete con él; me voy a la guerra.

Miró asombrado y atónito el viejo al negrito, e iba a increparle duramente, cuando sonó un tiro lejano, y siguióle otro, y se escuchó un fuego graneado intenso. Tendió el brazo *papá Zephir*, y señalando al horizonte, añadió con su calma habitual:

—¡La Sidonie!

—¡Ah! —respondió Juan, y echó a correr en dirección de su antigua hacienda.

Los insurrectos, en su marcha destructora, habían ido invadiendo e incendiando. Tocábale el turno a *La Sidonie*, y llegaron allá con el mismo fin; pero, avisado de antemano Jean Pierre Bonneau, y conocedor de la suerte sufrida por sus convecinos, creyó posible la defensa, ya por suponer que llegarían auxilios de la capital, o ya por creer a aquéllos incapaces de sostener un ataque formal.

—¡Esos canallas! —exclamaba indignado. Llamó al mayoral, aprestáronse las escopetas, se descolgó una carabina *Miniére*, los revólveres estuvieron listos, y las municiones se pusieron al alcance de las manos—. Tú harás fuego por esta ventana, y después pasarás a esta otra. ¡Oh! ¡buen ojo y buen pulso!... *¡Sacré nom!* ¡yo les juro, cada tiro un bandido al suelo! ¡Canallas! ¡Cobardes! —y escupía despreciativamente al proferir las palabras canallas y cobardes.

Antoniá, temblorosa, lloriqueando, quería contener ese espíritu belicoso; hubiera preferido la huida, y dando vueltas se apegaba a Jean Pierre, suplicante:

—*Mosié Jean*, por favor, por mi señora la Virgen de la Caridad...

—¡Vete...! ¡negra cochina! métete en tus negocios; ¡largo de aquí! *¡Sacré nom!...*

La negrada de *La Sidonie* aguardaba escondida e indecisa; temerosa y dudando de la victoria, no se decidía; el odio comprimido estaba dispuesto a estallar, y el amo adulado la víspera podía verse maltratado y perseguido mañana, a la menor probabilidad de éxito.

La invasión se anunciaba. Un borbotón de gentes desembocó, y el grito de ¡Cuba libre! retumbó por todas partes.

Alarmáronse los atacantes al llegar, y se detuvieron al ver cerradas las puertas y las ventanas de *La Sidonie*; se deliberó, y, suponiendo la casa abandonada, la mayoría pidió el incendio inmediatamente.

Con gran vocería se recibió la orden; brilló la tea en muchas manos, y se lanzaron muchas al edificio.

Sonaron dos tiros, a corta distancia uno de otro: un negro cayó como una mole, sin exhalar un quejido; otro rodó por tierra, se revolcaba, quería levantarse, volvía a caer, se retorcía de dolor y de espanto, y clamando a Dios y a su madre, ensordecía con sus alaridos.

Un grito de terror sucedió a los disparos, y dispersóse el enemigo, yendo a replegarse tras los árboles y junto a los edificios aislados. Creyó Bonneau que el resultado obtenido era una victoria, y pensó que por esas dos bajas la dispersión era completa; abrió una ventana, asomó la cabeza, sonó un tiro, y rebotó la bala contra la pared.

—¡Diablo! —exclamó *Jean Pierre*, y cerró de nuevo: estaban sitiados.

La indecisión fue de corta duración, y se recomendó a los insurrectos que dirigiesen los tiros a las ventanas de donde se les disparaban. Los disparos de *La Sidonie*, pocos, pero certeros, herían algunas veces; los del enemigo se limitaban a arrancar astillas de los maderos y a desencalar las paredes.

La acción llevaba trazas de prolongarse indefinidamente: llegar al batey limpio y despejado no era cosa tan fácil para gente bisoña: la vista de la sangre impresionaba todavía y se iba a la guerra como a una fiesta: convenía que las masas no viesen muy de cerca a la muerte.

Un negro esclavo de *Mosié Jean* llegó para resolver el problema.

—*Miamo* —le dijo al jefe insurrecto, en tanto que con la cabeza baja, dando vueltas al sombrero de yarey, miraba al suelo—. Si su *mersé* quiere, yo lleva a su *mersé* dentro la casa.

—¿Seguro y sin peligro?

—Seguro, *miamo*, su *mersé*.

—Sargento Pedro, vaya usted con veinte hombres y con éste.

Y dándole instrucciones confidenciales, agregó en voz alta, dirigiéndose al esclavo de Bonneau:

—Mira tú, *taita*, si tú engañas a mi gente, te *guindo* de una mata de mango, y te pego candela en los pies. ¡Anda!

—Sí, *miamo*; su *mersé* verá —y el negro, haciendo una genuflexión, agachándose y doblando las rodillas, como el que va a ponerse en cuclillas, marchó delantero guiando a la pequeña tropa.

En la parte trasera de la casa de *La Sidonie* había una *canoa* de madera, que bajando del piso alto, casi llegaba a tierra, y por la cual descendían los sacos de café, listos para ser acarreados; la *canoa* era fija, y con la premura de los acontecimientos, o no se pensó en echarla abajo o no se creyó en esa necesidad. Deslizándose por ella se llegaba a la *barbacoa*, y ya en aquel lugar, con aplicar el fuego al techo, bastaba esperar para que los de la casa pereciesen o viniesen a morir a manos del enemigo. El esclavo de *La Sidonie* vino a ofrecerse para enseñar esa ruta, y los insurrectos partieron, con el encargo de hacerlo todo sigilosamente, volviendo a ocupar el primitivo lugar, pues se quería economizar desgracias que podían influir desfavorablemente, sobre todo en los comienzos.

El negro y el sargento adelantaron arrastrándose como culebras: un montón de paja de café les sirvió momentáneamente de escondite; parecióles oír ruido por ese lado, y se agazaparon; volvieron a seguir, alcanzaron el borde de la canoa, y se metieron dentro.

Treparon sin hacer ruido, y llegaron a una puertecilla, cerrada por dentro con una fuerte aldaba: no contaba el sargento con esa dificultad, y se desconcertó. Rióse el esclavo en silencio, con aspecto de idiota, y haciendo seña al sargento para que callase, le pidió el machete. Los tiros continuaban entreteniendo a los sitiados, que replicaban con constancia, ajenos al peligro que les amenazaba. El negro de Bonneau empujó la hoja de la puerta con la cabeza; a su esfuerzo se presentó, entre el marco y la hoja, una rendija; introdujo el machete por ella, separó la cabeza, y forcejeando con ambas manos, hizo saltar la aldaba, y de par en par, al mismo esfuerzo, quedó abierta la puerta.

La orden era llegar sigilosamente a la *barbacoa* y cumplir con lo mandado; pero, a la señal del sargento, resonaron alaridos de fiera victoriosa; se precipitaron a la canoa, flamearon las teas, y atronando llevaron el fuego al techo y celebraron sobre la cabeza de sus enemigos, con saltos y chillidos, el principio de la destrucción. El esclavo de Bonneau bailaba estúpidamente, repiqueteando con los pies y haciendo contorsiones de epiléptico, y con salvaje entusiasmo gozaba con el incendio de la habitación de su amo, como habría gozado con la quema de una *roza*.

—¡Fuera! —gritó el sargento al oír el chisporroteo y el crujir de los maderos.

Al rumor del incendio, comprendió Bonneau la invasión, y se sintió perdido.

—¡Rayo! —exclamó rabioso; y agregando interjecciones soeces, arrebatado y loco, lanzóse contra una ventana; con las anchas espaldas, como con una catapulta, centuplicadas las fuerzas, la hizo saltar de sus goznes, y tiróse por ella, sin sombrero, rojo de furia, con la cabeza baja, el revólver en la mano, y a la carrera, atravesando el batey, se metió en la maleza, desapareciendo como un jabalí que escapa a la jauría que lo persigue.

Tarde lo vieron los insurrectos, y tarde obedecieron la voz de fuego.

Lanzados al asalto de *La Sidonie*, libres de todo riesgo, echando abajo puertas y ventanas, invadieron impetuosos la vivienda. Un concertante espantoso de chillidos, imprecaciones, maldiciones, mueras, cantos salvajes, acompañó la irrupción de aquellos seres frenéticos, que manifestaban su alegría destrozando a hachazos, esparciendo y quebrando las lozas, los cristales, los libros, danzando, riendo estúpidamente, interrumpiendo el canto con gritos sordos de gargantas roncas de tanto chillar, y pisoteando bestialmente ropas e imágenes. El mayoral dióse a huir atontado, buscó la salvación en un armario; una mano de hierro lo alcanzó, sonó una bofetada gigantesca, y el hombre rodó por los suelos, en donde le acribillaron a boca de jarro. *Antoniá*, de rodillas ante una estampa de la Virgen de la Caridad, se tapaba los oídos y temblaba aterrada; con los ojos desmesuradamente abiertos, sin fuerzas, desesperada, no hallaba energía para moverse. Arrolláronla en su ímpetu, despiadados la alzaron, empujáronla de unos a otros, recibiéndola y rechazándola con chacotas groseras; aquí se la pellizcaba, allá se le daba un empellón, acá una nalgada, y de unos a otros fue llevada hasta la sala con la algazara de:

—¡Hola, *Madama*! ¡Baile, *Madama*!

Salvada estaba, si no hubiese aparecido en aquellos instantes y en aquel lugar un nuevo cabecilla con gente de refresco. Feroz y sanguinario, transfigurado de placer ante la destrucción y la sangre, precipitándose en la sala con el machete en alto y gritando:

—¡Enfrene! —dividióle el cráneo a *Antoniá*, y antes de que ésta cayese, de otro machetazo casi separó la cabeza del tronco; palpitando aún el cadáver, dióle con el pie, exclamando con único alarde:

—¡Buena macha! —el cabecilla Monzón inauguraba su carrera vandálica.

Bonneau, sin tino, corría desatentado: tomó al azar volando la senda que se le abría delante. ¿A dónde iba? No se daba cuenta, y con la boca entreabierta, infladas las narices, lívido, arrojando al suelo el revólver, huía, con ansia desesperada de salvarse; resonábanle los gritos de muerte y de victoria, zumbábanle los oídos por la fatiga y por la sangre que con la agitación le ahogaba.

Dos gritos casi simultáneos interrumpieron la soledad.

—¡*Mosié Jean*!

—¡Juan!

La casualidad, en momento supremo, ponía frente a frente al amo y al esclavo.

Los dos se detuvieron a un tiempo: las facciones de Juan expresaron el asombro, y las fatigadas de Bonneau la agitación y el espanto; la vista de su antiguo esclavo trajo a su memoria, rápido como el relámpago, el cruel pasado, y, por primera vez quizás, tembló de veras.

Se vio perdido, y perdido sin remedio. Paralizado por el miedo; contraídos sus labios, a los cuales asomaba una espuma sanguinolenta, por un momento vaciló. Sus facciones sucias y abotagadas por la lucha y la fatiga, tornáronse lívidas; secas las fauces por la carrera, llevóse las manos a la garganta, sintiendo que se le escapaba el corazón a fuerza de palpitar; con las ropas desgarradas, el cabello pegado a las sienes, negras las manos por la pólvora, abierta la camisa, era la verdadera imagen de la desesperación y del terror.

A un movimiento de Juan, reaccionó desesperado; perdida la cabeza, inclinóse a la derecha primeramente, luego a la izquierda, con una indecisión maquinal, sin acertar por dónde lanzarse y proseguir la huida; y repentinamente, girando sobre sí mismo, emprendió de nuevo la carrera retrocediendo por el mismo camino que trajo.

—¡Mosié Jean! ¡Mosié Jean! —se empeñó en llamarle el negrito, echando a correr tras él, adivinando su pavor y con ansia de salvarle; dióle lástima el estado de su antiguo amo, y si pensó vengarse en otro tiempo, sintióse ya suficientemente vengado a la vista de aquel hombre loco y aniquilado por el terror.

Siguióse entonces una lucha desesperada: Juan por dar alcance a Bonneau; éste, ciego, volviendo inconscientemente a *La Sidonie*; el terror daba fuerzas al uno y la ansiedad al otro; el mismo espanto imprimía nuevo impulso para tan veloz carrera; las zanjas del camino se saltaban como si no existiesen, y alguna rama separada con violencia llevaba en su arrastre jirones de sus ropas Y parte también de sus carnes.

Llegaba ya a ellos el chisporroteo de las llamas y el ruido de los hundimientos parciales de *La Sidonie*, y la claridad del incendio y el humo velando la luz del Sol daban al día un tinte anaranjado plomizo.

Ni el fragor del incendio ni el alboroto del enemigo despertaron a Bonneau diciéndole la realidad de su situación: sin conciencia de sus actos, atravesó por entre los insurrectos, que tampoco esta vez lograron detenerlo, y siempre a la carrera, metióse fatalmente en el octógono del molino de pilar, situado en la cima de un barranco.

—¡A ese! ia ese! —gritó la turba lanzándose con horrorosos alaridos tras el desgraciado, y al asomar Bonneau por junto al barranco, se vio levantarse un brazo, brillar un acero, y caer y rodar por tierra el cuerpo de *Mosié Jean*, llenando el molino con un mar de sangre.

La cabeza, separada del tronco, se despeñó al abismo, haciendo gestos convulsivos, rebotando en las piedras, chocando con las plantas, y dejando tras sí rastro de su paso, fue a perderse en medio de una charca cenagosa, en el fondo de la hondonada.

Rugidos de victoria celebraron la obra final, y en los mismos secaderos, al resplandor del incendio, los esclavos bailaron y cantaron, atronando con sus tamboras aquel día de libertad.

Juan, cortada la respiración, sentado junto al cuerpo de Bonneau, apoyada la cabeza en una mano, quedóse a su vez aturdido y horrorizado, contemplando tristemente el cadáver de su antiguo amo.

VII

El desconcierto era completo en 1868. La población se hallaba sitiada; escasamente llegaban del campo algunos víveres, y rota la cañería del acueducto, con el agua de los aljibes y la de pozos instantáneos se surtía de este líquido a Santiago de Cuba; cortado el telégrafo y con escasas comunicaciones marítimas, vivía a veces esta ciudad quince días totalmente aislada del resto de la humanidad.

La ciudad rebullía como enjambre de abejas alborotadas; dividida en dos bandos, alternaban en ellas la alegría o el pesar; noticias estupendas se contaban de buenas y por ambas partes, y se daban como ciertas victorias y derrotas que el interés y el deseo propalaban; se reclutaban voluntarios y se formaban dos batallones con los títulos de *primero* y *segundo*, y a pesar de armarse ambos en defensa de la *integridad nacional*, el primero no tenía mucha confianza en el segundo: se tenía a éste por un poco *mambí*, por haber en él muchos hijos del país. Por unos días hubo dos cañones en son de batalla en la Plaza de Armas. Se conspiraba y se espiaba en las casas, en los mostradores de las tiendas, en las plazas: en la de Dolores y la de Armas había lugares señalados donde se podía hablar con toda seguridad; se hacían signos convencionales cuando había de quien desconfiar. Uno y otro bando se calumniaba con exceso y se motejaban mutuamente de cobarde; los cubanos en armas contaban que los españoles dividían a las criaturas en dos; los españoles repetían que en una tienda se había degollado al dueño y recibido la sangre en un garrafón.

Las mujeres rezaban, hacían hilas, daban ropas, e inclinadas a uno o a otro contendiente, llevaban consigo toda la vehemencia de su alma: fueron insultadas las que llevaban cintas azules: una media docena se las puso amarillas; las demás nos ponían ninguna. Aun no había sido aceptado el nombre genérico de *mambí*: el *Diario de la Marina* los llamaba puñado de visionarios; *La voz de Cuba*, *botija verde*; entre el pueblo les decían: los guajiros, *insureltos*; los negros de nación o africanos, *sureta*; los chinos, *gente cimarrona*; las señoritas, los *muchachos*. Había reclutadores que se encargaban de enviar al campo hombres, ropas y municiones; había espías que denunciaban por temor, por dinero o por odio y venganza.

El gobernador Ravenet había sido reemplazado por García Muñoz, en quien no se tenía mucha confianza: se corría que tenía un hijo en la insurrección.

La fragata de guerra *Carmen*, buque de madera, viejo, reemplazaba al *Don Juan de Austria*, vapor viejo e inservible.

Casi todas las noches había *cierra-puertas*; bastaba para esto la carrera de un caballo, un tiro en las entradas, el golpe de una ventana. El «quién vive» de los centinelas alternaba con el canto de los serenos.

Se aguardaba la entrada de los revolucionarios para Nochebuena y se preparaban cenas para recibirlos. Se creía en la venida de dos monitores para los cubanos. Los incendios en el campo enrojecían el horizonte por la noche y aterrorizaban a la población.

El odio no se había desencadenado al extremo todavía, pero no había de tardar; la gestación laboriosa y vacilante se desarrollaría pronto. Los individuos y las provisiones no podían salir al campo sin *salvoconducto*.

Fundábase una sociedad con el pretexto de hacer una *Institución Benéfica*: se la bautizó con el título de *Círculo Español*, y quedó convertido en Club Político, encarnación de crueldad más tarde. Su primera casa fue el Palacio Arzobispal. Los criollos no eran admitidos en ella.

Se daba como seguro el reconocimiento de los insurrectos como beligerantes, por parte de los Estados Unidos.

La Virgen de la Caridad fue reconocida virgen *mambisa*. La policía hacía visitas domiciliarias nocturnas, siempre infructuosas.

Desde el barrio del Tivolí, de noche, por medio de faroles, se establecía comunicación telegráfica con los insurrectos posesionados del puerto de Bayamo. La bandera insurrecta flameaba en aquella altura sin arriarse, ni haber quien la hiciese arriar. Español quería decir enemigo de Cuba; cubano era sinónimo de separatista.

Los voluntarios saqueaban la imprenta de *El Diario de Santiago de Cuba*; moría el antiguo periódico *El Redactor*, y nacía de sus cenizas *La Bandera Española*. La canción *El Siboney* fue un signo de reconocimiento que con toda intención se cantaba en toda fiesta: la estrofa de *guirnaldas de flores, de rojos colores; azules y blancos*, se decía bajito: muchas mujeres eran insurrectas; la gran mayoría, simpatizadoras. Casi fue causa de un motín el propalarse que Francisco Vicente Aguilera se encontraba escondido en la población. La última novedad era el cantar de:

En el puerto de Bayamo
estaba Pancho Aguilera,
queriendo tomar a Cuba
con su cañón de madera.

Los masones eran perseguidos. La Plaza del Mercado se convertía en el *Forum* de los romanos. Allí se juntaba todo: en la esquina más alta había una negra vendedora de café selecto: en ese lugar se reclutaba gente para la guerra. Se redactaba una memoria pidiendo al gobierno el establecimiento de la Constitución, y fracasaba, porque la mayoría de los peninsulares se negaban a firmarla.

El himno de Riego se tocaba por vez primera en Cuba, después de la época del general Lorenzo; se tocó por segunda vez, y hubo una algarada, siendo despejada a sablazos la Plaza de Armas por voluntarios de caballería. No se tenía noticias del coronel Quirós, que con una columna hacía dos días que había salido para Bayamo. *El Cubano Libre*, periódico redactado en el campo insurrecto, entraba en la población a pesar de los registros de las cercanías y afueras. Se concluía apresuradamente el cementerio de la playa, para clausurar el de Santa Ana, adivinando la falta que debía hacer.

Lersundi, el capitán general de la *siempre fiel isla de Cuba*, disponía el abandono de los puntos interiores, para *evitar la victoria de los muchos sobre los pocos*.

Se cerraban el Instituto de Segunda Enseñanza y la Escuela Profesional: los catedráticos Tomás Mendoza y Tito Viccino habían pasado a engrosar las filas revolucionarias. Federico García Copley y Juan Agustín Mariño eran los poetas populares contemporáneos. Los sacerdotes hijos del país eran sospechados; los canónigos Lecanda y Garoz, en vez de predicar paz y concordia, estimulaban y hostigaban para la guerra.

Bautizaron con el nombre de *alcoleas* a los pobres esclavos viejos e inútiles, arrojados a la calle en virtud del decreto del Gobierno Provisional, en Madrid: fueron *alcoleístas* los nacidos desde 1868 en adelante. La «Sociedad Filarmónica Cubana», situada frente a la cárcel y al mercado, conservaba su nombre de Cubana, a pesar de las excitaciones para que lo borrase. El «Club de San Carlos», fundado solo por elemento francés, se llamó «Español de San Carlos». Lagrolet,[22] coplero popular y borracho consuetudinario, improvisaba su décima: «Corona que hace un barbero», y era llevado en triunfo por sus compañeros, que ya se denominaban *mascavidrios*. En el corredor del alto de la casa que fue de la familia de Tristán Medina; el poeta García Copley se pasaba horas enteras, abstraído por completo, fija la mirada en el puerto de Bayamo.

—*Estoy absorbiendo aire libre* —murmuraba.

Hacía poco que se habían ordenado los presbíteros cubanos Fuentes Betancourt y Arteaga; al primero se le vigilaba; el segundo fue encarcelado. En un sermón, en la iglesia de San Francisco, había llamado éste a María: estrella solitaria y refulgente. Los bufos habaneros recorrieron la Isla, por primera vez, con la canción de: «Al negro bueno lo quieren perder», que se tuvo por proclama revolucionaria.

Los hogares eran reflejo de lo que pasaba en la población, y la penuria comenzaba a convertirse en miseria; se vivía en constante alarma; la suspicacia, el recelo, la mutua desconfianza, eran el ambiente que se respiraba;

---

22   Luis Lagrolet, joven instruido, cansado de la vida, quizás por qué dolores, y para *olvidar*, como decía él, era un borracho consuetudinario, siempre chistoso, hablando en verso, tambaleándose, pero no cayéndose jamás. Al salir una tarde del mercado, en uno de su vaivenes, topó con un canónigo que pasaba en aquel instante, y rechazándole éste con un empellón, le dijo: «¡Anda, borracho!».

Plantóse Lagrolet en medio de la calle, afirmóse, abriendo las piernas como un compás, y repentista, improvisando, increpó al canónigo:

Misterio y oscuridad
encierra el catolicismo,
y yo no busco lo mismo,
que busco luz y verdad.
Niego la divinidad
de aquel que por oro reza,
y que lleva en la cabeza
corona que hace un barbero
y que no tiene letrero
de Dios ni Naturaleza.

los habitantes desertaban, emigrando a Port-au-Prince o a Kingston: el cré-dito moría para todos.

VIII

La familia de Pablo Delamour vivía en la calle baja de San Pedro, esquina a la de La Habana, en una casa pintada de amarillo, de *pretorio* alto y con balcones en vez de ventanas.

Parte de las alhajas salvadas de la catástrofe fueron los recursos de que se echó mano en los primeros tiempos, y la casa, modestamente amueblada, indicaba que la situación, en vez de ser holgada, debía ser bastante estrecha. El estado de Delamour continuaba siendo el mismo, una locura tranquila, inofensiva, pero que lo aniquilaba cada día más y más.

Margarita, envejecida, adelgazada, transparente, con ese color pálido que se adquiere entre las paredes de un claustro, continuaba con enérgicos esfuerzos proveyendo a todo, economizando hasta la ruindad, y dando severa aplicación al importe de las joyas que, una tras otra, iban vendiéndose, según iban presentándose las necesidades. Aquella mujer romántica, educada en los refinamientos de una posición desahogada, con lujo, cuyas manos jamás habían conocido el trabajo, rebelada contra la suerte halló en su mismo orgullo fuerzas suficientes para arrastrar la situación actual, y adivinando el porvenir tal cual tenía que ser, se dispuso a la lucha resueltamente.

Un sábado, por la mañana, salió a oír la misa que, en honor de la Virgen de la Caridad, como de costumbre, se celebraba ese día de la semana en la iglesia de Santo Tomás. Volvió a su casa algo tarde, acompañada de una negrita que traía un bulto; llamó a Magdalena, y extendiendo sobre su catre lo que traía envuelto, le dijo con cierta amargura:

—Hija mía, es preciso trabajar —y le explicó que la enfermedad de su padre les exigía toda clase de sacrificios, y que tenían que imponerse quizás privaciones muy duras; que sus recursos, durase o no la guerra, tenían que concluirse, y que en previsión de eso había pasado a la tiendecita de ropa hecha, de *Madama Pauline*, situada en la calle del Gallo, en donde antes compraban las esquifaciones para los esclavos, y había conseguido el encargo de confeccionar semanalmente un número de camisas de listado; que con un poco de actividad, entre las dos, podrían ganar de 7 a 8 reales diarios; que con eso, sin más criadas que ellas mismas y los servicios de Susana esperaba, confiaba en Dios, que podrían vivir decentemente esperando a Pablito, cuya venida se imponía.

—Trabajaremos, mamá —respondió alegremente Magdalena—. Pero usted, mamá...

—No te apures por mí, hija mía —interrumpió Margarita—. Haremos el trabajo de cuatro; he comprado una máquina de coser; no tardarán en traerla, y hoy mismo comenzaremos la nueva vida... Anda, Magdalena; me parece que llama tu padre...

Y despidió a la hija, para que no viese que se enjugaba los ojos que, a su pesar, se le humedecían. Desde aquella tarde, entornada la puerta de la calle, escuchóse el ruido de la máquina de coser, sistema Howe, algunas veces hasta las diez de la noche. Era preciso resolución inquebrantable para no desmayar y poder ganar esos 8 reales: el orgullo de Margarita, quizás por despecho para consigo misma, la ayudaba valientemente en la obra empeñada.

Magdalena, cada vez más soñadora, conservaba el mismo tipo y el mismo carácter; como su madre, lejos del aire del campo, su color trigueño rosa se había atenuado. Tomando la máquina por suya, la había colocado en el comedor, junto a su padre, que, sentado en un balance de caoba, único lujo que se habían permitido madre e hija, iba, demacrado y ojeroso, cada vez más idiotizado, desgastándose visiblemente, y pasaba las horas inconscientemente despuntando un bastón con un pedazo de vidrio o revolviendo y hojeando periódicos viejos que no leía.

Eran días de verdadero regocijo aquellos en que se recibía correspondencia de Pablito; sus cartas, escritas con todo el entusiasmo de la juventud, eran incendiarias, y devorábalas Magdalena, cuyos sentimientos e ideas palpitaban al unísono con los de su hermano.

Margarita arrugaba el ceño y callaba, demostrando su aprobación con un: *C'est bien ça. ¡Oh! ¡liberal!... ¡liberal!...* y guardando en el interior las reflexiones que le sugerían las opiniones del hijo, volvía con más ahínco a la costura de las camisas: se conocía que no aprobaba ni le satisfacía el modo de pensar de Pablito.

En vano se complacía Magdalena en leer a su padre las cartas de Pablito, agregando a veces frases a tenor de la situación actual; el valetudinario no comprendía, y aunque murmurase bien, bien, eran palabras dichas maquinalmente, y habituada a ellas, sonreía con una conformidad angelical, ante la imposibilidad de la curación del autor de sus días.

Margarita tenía sus cortos momentos de expansión. Al volver Susana del mercado, y en tanto preparaba el almuerzo, iba ella a la cocina a tomar noticias de lo que se decía; verdadera comadrería de sucesos, ilusiones y deseos incoherentes, que traía la negra, y, entre señora y criada, comentábanlos a su sabor, según sus inspiraciones.

Una mañana llegó Susana toda trastornada; se conocía que algo extraordinario le había acontecido; venía mucho más temprano que de costumbre, y sin esperar a Margarita la llamó a la cocina.

Papá Zephir, sentado en el quicio, limpiaba los cubiertos con ladrillo molido, y una olla borbotaba levantando la tapa con el hervor del agua; el canasto que trajo Susana de la plaza venía lleno de ñames, y dos pollonas batallaban por desasirse de la fibra de majagua que las sujetaba.

Susana, de pie, al lado de una mesita de pino cepillada por el aseo diario, se destacaba sobre el rojo del almagre de las paredes, ennegrecidas a trechos por el hollín del humo, esperando impaciente a su señora. No aguardó que le preguntase: «¿qué hay de nuevo?», sino que apenas entró, se le adelantó, diciéndole apresuradamente:

—¡He visto a Juan!

—¡Juan! —exclamó Margarita. Y buscando una frase con que maldecirle, exclamó en francés criollo—: *¡Gredin, cochon dessaline!* —injuria que sobrevivía en los descendientes de la emigración haitiana, usando el nombre del execrado general Dessalines, como el signo más despreciativo y de mayor abominación.

—Yo estaba en mi puesto, en la plaza; acababa de vender a un *marchante* 2 reales de quimbombó; yo estaba agachada, arreglando mi *tablero*, cuando oigo a uno que me dice: «Mamá Susana, cómpreme estos ñames; se los doy baratos». Levanto la cabeza: un negro carbonero me enseñaba los ñames y me ponía los dos pollos en el tablero; no me dio tiempo para nada, y me dijo deprisa, mirando a todos lados: «¡Cállate!... ¿Cómo están mis amos? El niño Pablito, ¿viene pronto? ¿Dónde viven?». Yo se lo dije todo; pero no me dejó acabar y siguió: «Bueno, mamá, tú me lo pagarás otro día; yo les traeré muchas cositas, si los malditos insurrectos no me lo cogen; los pollos para mi señorita Magdalena; dile a mi señora Margarita que Juan siempre es su negro». Y se fue. ¡Oh! mi señora, Juan no es bobo, no. Aquí está todo lo que dejó para su *mersé* —y amontonaba los ñames y ponía los pollos en la mesita.

Calló Susana, y Margarita debió reflexionar: pasado el primer impulso en que injurió al negrito, venciendo el rencor que le profesaba por el hecho inolvidable de abandonarlos en el camino de Escandell, experimentó cierta satisfacción al escuchar las últimas palabras repetidas por Susana, «de que Juan era siempre su negro», y le vinieron a la memoria las disculpas que varias veces había tratado de insinuar Magdalena, y la tan razonable de que para nada les habría servido su permanencia en Santiago, pues siguiendo la suerte de sus demás compañeros, hubiera sido vendido para los ingenios de Cienfuegos.

Aquel hecho tan sencillo del esclavo agradecido ejerció saludable influencia en sus ideas reaccionó en sus sentimientos, y ensimismada en profunda meditación vio pasar ante sus ojos aquella angustiosa escena de desolación consumada por los refaccionistas de *La Fortuné*.

Se le representó aquella tarde de imperecedera memoria en que unas cuantas madres vinieron a darle el último adiós, arrojándose a sus pies, deshechas en lágrimas, dando con la frente en tierra y clamando desesperadas a Dios. Encerradas en una habitación hacía más de quince días, se les había concedido el permiso de salir a la calle, dejándoles los hijos en rehenes por el temor de que no volviesen; y aquellas madres refirieron el dolor de todos, y contaron que algunos estaban en el cepo, y que Pedro, el *contra*, había amanecido ahorcado, y que el terror a Cienfuegos los embargaba a todos; que muchos tenían con qué libertarse; que el dinero estaba enterrado en *La Fortuné*; que no se les permitía ir a buscarlo, y que, a poder ir, a lo menos hubieran libertado a sus hijos. Lo que no podía borrársele era la escena final referida por Susana, y que giraba ante sus ojos como el voltear de un círculo candente; aquel último toque vibrante del vapor, aquel atropellar a los negros, los unos atados, otros en carretillas, llevados a empujones los más; aquel canto lúgubre con imprecaciones a Dios y a la Virgen, aquel arrastrarse por el muelle mojando el piso con el llanto, aquella dureza e impasibilidad de custodios y espectadores, y aquel grito estridente de todos unidos que había dominado las órdenes del capitán, el crujir de los cables y el batir de las olas por la hélice, al arrancar el vapor. Durante muchos días, el pañuelo atado como venda en la frente, indicio de constante jaqueca, indicó cuán dolorosa había sido para Margarita la recordación de aquella fecha horrorosa.

IX

El invierno se había adelantado y prometía ser crudo. A las lluvias abundantes se sucedían los vientos del Norte, trayendo en sus ráfagas el *hielecito* con que se caracteriza la caída de las hojas y el retoñar de otras, único exceso que se permite con Cuba la naturaleza al entrar el Sol en Capricornio.

Había *hielecito*, y el restregar de las manos y el caminar deprisa lo indicaban lo bastante: el día 24 de diciembre de 1868 presentábase claro y despejado; ni una nube, ni una bruma. Blanqueaba el azul del cielo con la transparencia que da el soplar del viento en ciertas épocas y las calles eran barridas por continuas ráfagas que, revolviendo el polvo, lo elevaban en nubes.

No se veía gente por las calles. El trabajo paralizado, incomunicados con el interior, no se conocían los sucesos que se desarrollaban casi a nuestra vista, y las banderas cubanas continuaban ondeando en el puerto de Bayamo, en las alturas de San Pedrito, y se señalaba el correr de jinetes por Quintero y Caimanes; había verdadera zozobra, y las noticias que se propalaban, sin saber de qué fuentes partían, dábanse como fidedignas, y se temblaba ante la idea de su realización: hablábase en secreto, decíase, en confianza, que los insurrectos entrarían aquella noche, que aquella Nochebuena cenarían en la población.

La ciudad traducía las impresiones que embargaban a los habitantes, y entre la alegría y el temor, disponíanse cenas, se aprestaban las armas, se doblaban las guardias y se hacía acopio de municiones.

En la casa de Pablo Delamour notábase movimiento inusitado; callaba la máquina de coser, y los vecinos entraban y salían y movían la cabeza, como indicando que algo grave sucedía.

Algunos poquísimos amigos se habían visto por allí, y Agustín Granada, el único fiel quizás, había velado unas cuantas noches y pasado casi toda la mañana acompañando a Margarita y a Magdalena, madre e hija, que, aniquiladas, contemplaban la muerte anidándose en su morada.

Tras largo desgaste se iniciaba la crisis suprema; repentinos y constantes desmayos precedieron al abatimiento.

Había un corrillo en la sala; hablábase en voz baja, y se repetía que el doctor decía que Delamour no amanecería. Completamente postrado, delirando a ratos, frío, tenía perdida toda sensibilidad exterior; de cuando en cuando una especie de canto gutural que demostraba que había aún vida en él, se interrumpía para dar paso a palabras aisladas sin sentido alguno.

Agustín Granada refería a grandes rasgos a un vecino lo que valía don Pablo y la suma de infortunios y dolores de aquella familia; y algunos vecinos más, con las apariencias de humanitaria solicitud como quien hace mucho, iban y venían del lado del enfermo, en el aposento en donde se encontraba Margarita, abrumada por la desesperación; sentábanse un rato, y volvían a la sala a escuchar la conversación de Agustín.

Acababan de dar las cuatro de la tarde, cuando otra vecina llegóse corriendo a la puerta, y anhelante, olvidada de lo que pasaba en aquella casa, gritó tropelosa:

—¡Josefa, corre; allí están! —y oyóse el rumor que se va aproximando como de viento que muge y de marea que sube; el estrépito de puertas y ventanas, cerradas con violencia, dominó con su ruido durante un momento, y luego nada; una quietud que imponía.

Granada acercóse a Margarita, que, sobresaltada, abrazóse a Magdalena, y le dijo:

—Cierren ustedes las puertas; no se asusten ivoy a ver qué sucede; ya volveré! —y llegándose a Susana, agregó—: Cierra bien; ¡quién sabe qué es lo que hay! Estaban las calles silenciosas y desiertas; alguno que otro transeúnte a lo lejos marchaba deprisa; no se veía una mujer.

Las tiendas, que conservaban abierta una sola puerta, teníanla guardada por sus dependientes, armados y vestidos con el uniforme de voluntarios, y éstos, en la calle de Santo Tomás, mirando hacia abajo, y llegando de rato en rato al centro de la calle, querían distinguir lo que se esperaba por el lado del Paseo de Concha.

Estaba la tarde clara, serena, apacible; tarde propia para una heroicidad. Inicióse un pequeño movimiento hacia el Norte, y se escuchó un murmullo como de abejas, que decía:

—¡Allí vienen!

Dos cazadores de caballería avanzaban, sirviendo de batidores: a poca distancia de ellos el negro Juan, a caballo, tremolando, atada a un cuje una tela blanca en señal de parlamento; detrás, impávido, con la serenidad que dan el valor y la fe en una idea, erguido, ostentando la escarapela *mambisa* en el sombrero y en las bocamangas las insignias de coronel, cabalgaba denodado el revolucionario Pío Rosado; cerraban la escolta, sable en mano, el capitán de caballería española, Gásquez, y ocho soldados más, con la carabina al puño, y la comitiva subía hacia la Plaza de Armas, residencia del gobernador.

Se cruzaban ademanes hostiles; alguna insolencia llegó hasta el rebelde, resbalando sobre la serenidad de hielo de su impavidez y rebotando ante el fruncimiento de cejas del jefe de la escolta, responsable del parlamento.

La muchedumbre rebullía en la Plaza de Armas; impedíase el tránsito por grupos de policías y voluntarios, que no permitían cruzar la calle de la Marina, frente al Palacio; la guardia cubría la entrada, formada en el zaguán; en los árboles y en los faroles de la plaza había individuos encaramados, y ventanas y balcones se cuajaron de gentes, ansiosas de ver.

Algunos rostros siniestros murmuraban y maldecían, y alguna mano apretó febrilmente y con ira la culata del fusil; había mucho pueblo aglomerado: los estudiantes, contentos como con unas fiestas, recorrían alegres los distintos grupos de simpatizadores y laborantes que aguardaban la llegada del parlamento, recogiendo impresiones que se transmitían con más o menos cautela.

—¡Es Pío el que viene! —decían unos—. ¡Siempre fue valiente!

—Si lo han recibido, están ya los insurrectos reconocidos como beligerantes —añadía un viejo filibustero restregándose las manos.

—Viene a pedir el canje de los prisioneros.

—O a regularizar la guerra.

—Viene —agregó otro mirando a todos lados con desconfianza y bajando la voz—, ¡viene a pedir la rendición de la plaza!

—Hay que convenir en que es muy atrevido; ¡podrían fusilarlo!

—Se guardarían bien —respondía un cándido—. Y los cónsules de las demás naciones, ¿no lo impedirían?

—Y los diez mil insurrectos que nos cercan, ¿no pasarían a degüello la población?

—¡Ahí viene! ¡Ahí llega!

—¿Viene solo?

—Sí.

—No.

—Le acompaña un negro.

Y calló la algarabía, y el alborotado cuchicheo se hizo respetuoso como el susurro de los fieles en un templo, y quedó la multitud sin movimiento, correcta, llena de avidez, fascinada por algo verdaderamente grande.

Resonaron las pisadas de los caballos, doblóse la calle de la Marina, estacionáronse en ambas aceras los grupos de fuerzas armadas que ocupaban el frente del Palacio; franca quedó la vía, y llegaron Pío Rosado y sus acompañantes.

Desmontados ambos, pasó el jefe insurrecto a avistarse con el gobernador; éste era alto, fornido y usaba bigote y pera; llamábase Fructuoso García Muñoz; era brigadier del ejército español y ocupaba el mando interinamente. La entrevista fue corta. ¿Qué se dijeron? ¿Cuál era la misión de Pío Rosado? Nada se traslució al exterior; el gobernador no aceptó ni recibió la carta que le entregaba, y dióse por terminada la conferencia. Llamando al capitán Gásquez, recomendóle García Muñoz, muy especialmente, y bajo su más estrecha responsabilidad, que los dos parlamentarios habían de llegar sanos y salvos a la entrada del camino de Santa Inés, el mismo lugar en donde se habían presentado.

Al separarse, llevó las manos el gobernador a las insignias de coronel que lucía en las mangas, y se la quitó.

—¿Me desnuda usted? —exclamó Pío con tono reposado, claro e imperturbable como de los nacidos para mandar.

—No; hago más —respondió con imperceptible sonrisa el gobernador—, ¡le salvo!

Oyóse fuera la voz de mando de:

—¡Firmes, marchen! —y la escolta, tomando por la calle de San Félix, volvió al lugar de su partida.

Pío Rosado, al ir a montar, encontró cortados los estribos y la capotera; echó una mirada de desdén a los grupos cercanos, y con toda calma saltó sobre su montura; Juan, orgulloso de su importancia, ostentaba ufano la bandera blanca: ambos habían arriesgado bravamente la cabeza.

Apenas desaparecieron, reventó el murmullo comprimido, volvieron los cuchicheos, y se escucharon palabras soeces y algunos ¡mueras!; hízose el sordo García Muñoz, y recostado en el balcón, continuó fumando tranquilamente un cigarro.

—Esperemos a don Agustín, que nos lo contará todo —decía una mujer a otra, en casa de Delamour, con un tabaco encendido y echando bocanadas de humo.

Nada contestó la otra que, cruzados las piernas y los brazos, y con un palillo en la boca, hacíase la indiferente y tomaba aspecto de seriedad.

El toque de oraciones que enviaban las campanas y la luz de los faroles encendidos a esa hora, llenaban de melancolía los momentos que se atravesaban.

La especie de canto gutural de Delamour había cesado, y en cambio repercutían los borborigmos mecánicos de la garganta, el estertor de la agonía.

Granada acababa de llegar, y apoyado en la puerta de la habitación contemplaba cómo se escapaba una vida. Densamente pálida, destacábase la cabeza del agonizante sobre la mullida almohada; los brazos desaparecían por su delgadez unidos al cuerpo, y la vacilante claridad de una vela, alumbrando un pequeño Santo Cristo, servía para hacer visible opacamente aquel lecho de sufrimientos.

Una de esas buenas mujeres que se imponen como un deber imprescindible el hallarse en los actos solemnes de la vida, sentada a la cabecera del moribundo, aireaba con el pañuelo de cuando en cuando las facciones de Delamour, atenta a las contracciones de la fisonomía, y con un pedazo de vela en la mano espiaba el momento supremo de encenderlo.

Papá Zephir, recostado en la pared, miraba a su amo que «se iba antes que él», y Susana, sin decir nada, murmuraba una oración.

Magdalena, de rodillas junto al catre, apegada la cabeza a las sábanas, sollozaba dolorosamente, y fueron inútiles los esfuerzos que se hicieron para arrancarla de allí.

Margarita parecía como alelada desde que Delamour había entrado en la agonía; tirada en un *balance*, negada a todo alimento, no se movió de su aposento ni quiso volver a ver a su esposo.

A eso de las nueve cesaron todos los ruidos e indicios de vida, y el cuerpo, alargado, tomaba la postura del cadáver. Tras un instante de expectación, levantóse la mujer que aguardaba a la cabecera, encendió la vela en la del Cristo, y arrodillándose junto al catre, colocóla entre los dedos del moribundo, y apretándolos entre los suyos, recitó repetidas veces:

—¡Señor, Señor, en tus manos encomiendo mi espíritu! Creo en Dios padre... —durante un rato contempló atentamente el rostro palidísimo de don Pablo; Magdalena, alzada la cabeza, la miraba de hito en hito, leyendo en el rostro indiferente de aquella buena mujer el fin de su padre, espiando el temido fatal momento, y al ver que se levantaba ésta, dando un fuerte suspiro y apagando la vela, sin aguardar más lanzó un grito penetrante y corrió desolada al lado de su madre.

Echóse a sus pies, y sin pronunciar una palabra, abrazada a su cintura, miráronse aquellas dos criaturas, se comprendieron, y sin una pregunta, sin un quejido, dejaron correr libremente sus lágrimas, bañándose mutuamente en ellas, desgarradas y desesperadas.

Retumbó en aquel momento un cañonazo, y después otro y otro a intervalos, en la bahía, y luego tiros, y después el ¡centinela, alerta! Y así durante toda aquella noche, noche de corajes, de sobrecogimientos y de penas.

X

Las cosas iban de mal en peor. El batallar en los campos había traído, como consecuencia natural, la escasez en la ciudad y la ruina de muchos hacendados, cuyas cuentas habían sido saldadas con las ventas de las dotaciones, dejando los terrenos a sus poseedores por imposibilidad de reducirlos a efectivo y quizás por suponer al país descendiendo a un caos.

La familia Delamour había quedado totalmente arruinada y doblemente abandonada con la muerte de su jefe; las consideraciones de prestigio y de respeto que el individuo adquiriera por su comportamiento en la vida, desaparecían en los momentos de una crisis general en que la amenaza de lo desconocido tendía sus garras sobre todas sus cabezas.

Las joyas consumidas en la enfermedad y en el entierro de don Pablo reducían los recursos a casi nada, y la pavorosa miseria se cernía sobre Margarita y Magdalena: seguían trabajando con la costura; pero, ¿se podría contar siempre con ese auxilio? ¿no se agotaría también este recurso?

Y no era nada esto: mientras vivió don Pablo hubo en Margarita fuerza de voluntad y sentíase orgullosa en manifestarse vigorosa y desafiar a la suerte; muerto él, parecía que toda aquella energía hundíase con el muerto y sentíase apoderada del mayor desaliento.

Cedió el mando y la dirección de la casa a Magdalena, obedecía pasivamente, y se dejaba arrastrar, como si en ella, rotos los resortes de la vida, se hubiera perdido la voluntad. La primera determinación de Magdalena fue:

—Es necesario mudarnos.

Buscaron casa barata y alquilaron un pequeño colgadizo en la calle del Rastro, entre Habana y Providencia, que solo les costaba 4 pesos mensuales: Susana y *papá Zephir* las siguieron.

Silencioso y triste se presentó el año nuevo, y doblemente más triste fue para ellos. Margarita comparaba aquel día con el de los años anteriores, en que a las felicitaciones de los amigos se unían las de los esclavos, convirtiendo el principio del año en la época más dichosa de la vida.

Pasaron ese día tan señalado en triste soledad, y con excepción de Agustín Granada, nadie llegó a visitarlos; aunque envuelta en su dolor, aquella conducta de los amigos no dejó de lastimar a Margarita, hiriéndola cruelmente, pensando en la distancia inmensa que había entre los agasajos de ayer y el abandono de hoy: en otro momento hubiera lanzado algún dardo sarcástico y despreciativo; hoy se limitaba a seguir llorando.

Sabían que Granada debía marcharse para Europa dentro de poco tiempo, y sucedió así. Se despidió de ellas abrazándolas conmovido como a una madre y a una hermana, al embarcarse por la vía de Puerto Rico, y tanto él como sus padres no volverían quizás más a Cuba: ricos y disgustados, dejaban su país acosados por las intransigencias.

Al estrecharlas contra su pecho, agregó:

—Pronto tendrán ustedes a Pablito; le he puesto un telegrama comunicándole la desgracia que ya le tenía anunciada, y estará aquí, tal vez, en este mes, pues sabe bien cuál es la soledad que las rodea.

Quiso interrumpir Margarita exclamando a lágrima viva:

—¡Mi pobre hijo no tiene dinero para venir!

—No se preocupe usted, Margarita. Pablito las abrazará pronto; ¡yo se lo aseguro! —y escapó hondamente emocionado, rehuyendo explicaciones: en el mismo cablegrama llamándole le avisaba que percibiese de F. Celsis & C., de Burdeos, lo necesario para el pasaje, y que aprovechase la vía española para ganar tiempo.

Un mes después anclaba en nuestro puerto el vapor *Moctezuma*; el gallardete izado en uno de los mástiles indicaba que conducía la correspondencia de la Península, y, como de costumbre, los pasajeros que debían haberse transbordado en San Juan de Puerto Rico con destino a Santiago de Cuba.

Diéronle entrada las autoridades del puerto, y desatracó del costado del vapor un bote trayendo a tierra dos pasajeros y sus equipajes; el uno vestía traje militar, el otro de riguroso luto: los dos eran jóvenes y no representaban más de veinte a veintidós años.

Al poner pie en tierra estrecháronse las manos con cordialidad.

—Pablo, usted tiene afán por abrazar a su familia; yo debo presentarme al gobernador de la plaza; vaya usted, amigo mío; si no nos encontráramos, pregunte por mí en las oficinas del Estado mayor, que yo por mi parte sabré hallarle. Dice usted, su dirección... —y con un lápiz se puso a escribir en una tarjeta: «Calle baja de San Pedro, esquina a la de La Habana».

—Hasta luego, amigo Charlo —y se separaron.

—Niño, ¿quiere usted que le lleve el equipaje? —preguntó un carretillero al joven vestido de luto, que con la tristeza pintada en la cara seguía con la vista la dirección tomada por el militar.

—Sí, carga, vamos; San Pedro, esquina a Habana; voy delante.

—Vaya sin cuidado, niño.

Y Pablito Delamour, con paso largo, tomó calle arriba, dobló por la del Gallo, subió la del Jagüey, y atravesando la plaza de San Francisco y la calle del mismo nombre tomó por San Pedro hacia abajo y tocó con fuerza en la puerta de la casa que había habitado su padre. La casa estaba deshabitada todavía; al segundo picar, asomáronse las vecinas a las ventanas, y desde una de éstas dijo uno de ellas:

—No hay nadie; ¿qué se le ofrece, caballero?

Volvióse el joven, y saludando preguntó:

—¿No vive aquí la familia Delamour?

—Vivía; se ha mudado el mes pasado.

—¿Sabes, hija, dónde vive ahora? —añadió dirigiéndose a otra curiosa, asomada como ella.

—Creo que en la calle del Rastro —contestó la segunda—. ¿Se le ofrecía algo? —continuó afanosa por tomar parte en la conversación.

—Sí, señora; me precisa saber dónde vive.

—¡Ah! Usted acaba de llegar de *afuera* y...

—Usted es algún pariente...

—Sí, señora. Si pudiera usted indicarme la dirección se lo agradecería.

—Yo... no estoy segura; mira, tú, hija, ¿sabes?

—Creo, creo... —y pensaba haciendo gestos como quien desea recordar algo.

—Mamá —agregó un muchacho—, yo sé allá: si su *mersé* quiere, iré con ese *hombre* a enseñarle.

—¡Tú sabes allá! ¡miren lo que son los muchachos! ¿Y cómo lo sabes? ¿Cuándo has estado?

—Señora —interrumpió el joven—, permita usted que venga el niño conmigo.

—¡Bah! ¡anda, muchacho, y vuelve enseguida! ¿oyes? El diablo son los muchachos, ¡todo lo saben!

Y diciendo al carretillero, que llegaba en aquel momento, que tomase por la calle del Rastro, entre Habana y Providencia, bajaron la loma de La Habana Pablo y su pequeño cicerone.

Las vecinas quedaron en bachillería.

—¡Si será el hijo!

—¿No tenían un hijo en Francia?

—Es fino.

—Bonito joven.

—Hasta luego, vecina.

—Hasta luego.

—Mire, aquí es —dijo el muchacho indicando a Pablito la entornada puerta de un colgadizo.

—Toma, niño, para que compres dulces —y puso en su mano un real.

Latíale el corazón como si quisiera salírsele del pecho; detúvose un corto instante, y con las coyunturas de los dedos dio dos toques en la puerta.

La argentina voz de Magdalena diciendo:

—¡Adelante! —le hizo empujar la puerta con rapidez, dejarla abierta y precipitarse en la casa: dos gritos resonaron unísonos:

—¡Magdalena! ¡Pablito! —a los que siguió—. ¡Hijo mío! —cayendo unos en brazos de otros y formando un todo, del cual se escucharon durante largo rato sollozos entrecortados.

Susana no se cansaba de decirle a *papá Zephir*:

—¡Qué grande! ¡qué buen mozo *ta mijo*! ¡*Dió* me lo guarde!

Tras la expansión de los primeros días, la dura realidad apareció ante los ojos de Pablito tal cual ella era; la verdad se impuso rasgando el velo con que hasta entonces se la habían disfrazado, haciéndole ver escaseces, pero no miserias. Las noticias que se le habían transmitido con embozo le fueron conocidas detalladamente, y se le relataron los menores episodios transcurridos desde la salida de *La Fortuné* hasta el día.

Quiso sobreponerse a la situación, alentó a los suyos, besó religiosamente el reloj de oro de su padre, única prenda salvada del naufragio y conservada para él, y ante aquella reliquia que traía valor a su ánimo como el espíritu enérgico del finado, resolvióse a salir inmediatamente en busca de trabajo.

Comenzaba su *via crucis*: ¡no había trabajo! y el convencimiento de ello fue un torcedor para su alma, su primera terrible decepción. ¡Tener que vivir del pan que ganaban su madre, su hermana y su nodriza! ¡esto era horrible!

Más de una vez sorprendió a su madre llorando a escondidas; comprendió que ella se avenía mal con aquella situación, situación irremediable, y que disimulando unas veces, rechazando otras, con el pretexto de fallarle el apetito privábase de ciertos alimentos. Por no poder tomar vino de Burdeos no quiso beber otro inferior, diciendo que su estómago le pedía agua; y parca en el comer, aminorábanse sus fuerzas, y la impotencia para aliviarla llenaba de penas a sus hijos: la miseria era superior a ella y las cosas más nimias le hacían acerbo daño.

Pablito sufría doblemente: sufría por la ineficacia de sus esfuerzos, sufría en su dignidad por tener que aceptar el alimento de aquellos a quienes él debiera mantener, y sufría compadeciendo a su madre que se aniquilaba por los críticos momentos que atravesaban.

Sus ideas eran otra causa de constante mortificación. Batallaban en él las opiniones desarrolladas en Europa; la semilla sembrada por el padre había germinado lozana; sentíase rebelde, e ideas de libertad e independencia habían alimentado su cerebro apenas comenzó a tener pensamientos propios. Alentóse a sí mismo combinando planes y forjando proyectos que el porvenir debía destruir por medio de los seres más íntimos de su corazón; rico no hubiera vacilado; pobre dudaba; tenía derecho de condenarse a todas las penalidades, no debía dejar solas en el trabajo a su madre y a su hermana: la guerra lo impulsaba al campo, la miseria lo esclavizaba en la ciudad.

Resonaba en sus oídos la voz de su padre: «Si llego a faltar, sé tú el sostén de tu madre y de tu hermana». Sometíase voluntariamente a aquel mandato, rompía paciente con todas sus aspiraciones y sus ilusiones, y su abnegación resultaba ineficaz, ¡inútil!

¿Se cruzaría de brazos ante la inutilidad de sus deseos y de sus esfuerzos? Abismado mentalmente, entregóse al azar y aguardó a que éste resolviese.

Una tarde anunció a su familia que no podía excusarse de presentarles un amigo, compañero, de viaje; que era un militar distinguidísimo y a quien apreciaba de veras.

Conocían de nombre al militar Charlo, teniente de infantería de Marina, por las explicaciones de Pablito, y traído por él fue bien recibido aquel a quien éste daba el nombre de amigo.

—Señora —decía Charlo, dirigiendo la palabra a Margarita—, a su hijo debo la honra de saludarles: le debo la vida; ¿no les ha contado nada?

Y a pesar de las miradas de Pablito, continuó:

—Embarcábame en Cádiz, soplaba el levante, había una mar fortísima, y al saltar a la escala, levantado el bote por una ola, medí mal la distancia y caí al mar: al salir a flote fue con tan mala suerte, que aparecí entre el vapor y la lancha, y al ir a ser estrujado entre ambos por el choque, en tanto que los marineros forcejeaban por desatracar, Pablito, exponiéndose a perecer conmigo, se lanza, me arrebata, y rodamos a tiempo juntos dentro de la embarcación, recibiendo él una fuerte contusión, sin consecuencias por fortuna. Desde entonces, aquí me tienen ustedes convertido en su sombra, y fuera del cariño que profeso a mi *viejecita*, no tengo otro mayor que el que doy al hijo de usted.

Alejado Charlo, al volver Pablito de la puerta de la calle, hasta donde había acompañado a su amigo, se encontró con Magdalena aguardándole en medio de la sala. Detúvole ésta, y poniéndole ambas manos sobre los hombros, mirándole frente a frente, le dijo, con una melancólica sonrisa que trataba de hacer alegre, empinándose un poco de puntillas y haciéndole un saludo ceremonioso:

—¡Eh! ¡el señor *mambí* mano a mano con el español!

Sonrióse Pablito y contestó a su hermana:

—¡Si todos fuesen como él!

—¡Magdalena! —dijo la voz de Margarita en son de reprobación, al escuchar la frase irónica formulada por Magdalena a Pablito.

XI

Una mañana, mañana aciaga, la crueldad de la guerra sacrificaba, en aras de la bestialidad humana, a un joven imberbe hallado abandonado en la playa, descalzo, casi desnudo, hambriento, mostrando en su semblante la adolescencia, la indiferencia y la fatiga. Besaba el Sol las cimas de las montañas, y la brisa matinal despertaba agitando los rubios cabellos de la víctima, cuando una descarga tronchó su existencia en los primeros pasos de la vida.

¡Día triste y fatal que debía servir de pauta a otros muchos!

Pablito no se había movido de la casa aquella mañana, y permanecía cabizbajo, resonando mecánicamente en su cerebro, como atrofiado por el momento a causa de la ejecución militar, el ruido de la máquina de coser impulsada por su hermana con violencia febril; los dos hermanos, dolorosamente impresionados, trataban de ocultarse mutuamente lo que a ambos atormentaba.

Susana acababa de entrar de la calle y departía agitadamente con *papá Zephir*; estaba furiosa, y por los manoteos y las palabras sibilantes de ella, de por sí tan pacífica, se conocía que era grave lo que refería a su viejo compañero.

La argumentación era violenta, y si callaba por instantes era para murmurar:

—¡Sucio! ¡ladrón! ¡indecente! —llamaron la atención de Pablito aquellas duras palabras en boca de su nodriza, y fijándose en lo que se decían, oyó «que el catalán de la esquina, a quien se hacían las compras diarias, no había querido fiarles como de costumbre, y más aún, que les exigía lo que se le debía, sin querer esperar para cobrar el final de la semana, como hasta entonces, muy puntualmente, se había venido haciendo, y lo peor era que ¡los *cogía* sin un medio!».

Enrojeció Pablito de vergüenza, sintió la bofetada moral, sintió cuán grande era su impotencia y cuánta mayor su nulidad.

¿Qué determinar? Largo rato pasó ensimismado, palideciendo y enrojeciendo según eran las ideas que atravesaban su cerebro; pareció por fin tomar una resolución heroica, levantó la, cabeza con nobleza, y poniéndose de pie, con un suspiro, murmuró:

—¡Descendamos!

Disputaba el tendero de la esquina con un vecino, cuando Pablito penetró en la tienda. Acababa de llegar de la formación, después de haber asistido al fusilamiento ejecutado aquella mañana; vestía de voluntario, ostentando los galones de capitán. Era un tipo vulgar, sin formas corteses, grosero, sin conciencia y sin más Dios que el negocio; dos pasiones únicas lo dominaban, influyendo poderosamente en él: un amor a España hasta morir, amor que se determinaba por todas las ferocidades, y un amor al anisado cuyo espíritu le transpiraba por todos sus poros. Hacía años que se había establecido en esa esquina; allí había prosperado, y quizás ningún vecino conocía su apellido: todo tendero era *catalán* para el pueblo; el de aquella esquina se llamaba don Pedro, y esto era todo. ¿Era catalán, efectivamente? ¿Era gallego? ¿Era montañés? No se sabía. En sus momentos de gracejo soez con las criadas, en el mostrador, riéndose a boca abierta, se lucía con la cantinela de:

La mare de Deu pluraba,

y el acento le acusaba de que no era catalán. Si le llamaban gallego se enfurecía e injuriaba al que se lo decía, y los montañeses negaban que lo fuese él. Compraba regateando mucho y pagaba religiosamente. Sabía defender sus intereses, y sin la guerra no hubiera sido sino el *catalán de la esquina*, abandonado en el vestir, sucio en el hablar y desaseado y puerco en el establecimiento. Su único afán era hacer dinero, redondear un capitalito y marcharse, Para él no había compañeros ni paisanos. Murmuraba de todo el barrio, y su lengua viperina destrozaba al tendero que se vestía decentemente y tenía limpio el establecimiento. ¡Desgraciado el peninsular que llegaba a formar familia! Ese era un réprobo, un espurio. La guerra *lo hizo gente*, y de la noche a la mañana, ladrador de un patriotismo rabioso, vociferando, maldiciendo, pidiendo sangre y fuego, obtuvo los galones de capitán de voluntarios, y perorando por cualquier motivo, en un castellano macarrónico, casi casi llegó a imponerse, y sus opiniones eran atendidas en el «Círculo Español» por otros que le miraban como oráculo, y el Pedro a secas se convirtió en don Pedro.

Don Pedro, con el sombrero echado hacia atrás, desabrochada la levita, el sable y el sombrero sobre el mostrador, peroraba con sorna, articulando palabra por palabra, con tono enfático, en son de sentencias, dirigiéndose a un hombre del pueblo que le respondía.

—Yo le presté a usted la hachuela... y me la devuelve usted hoy... a los tres días, ¡eh!

—Sí, señor; pero, si ahora mismo he acabado el trabajo; ya le dije que era para unos días.

—Sí, hoy, ¡eh!... y... desbocada, hoy; cuando menos... estaba la hachuela de don Pedro en peñaranda. A mí —y se daba sendos manotazos en el pecho—, a mí, cuando me prestan algo... lo devuelvo... sabe usted... de seguida y nuevecito... pero usted no cuida lo que le prestan...

—Bueno, don Pedro, cuando usted me la prestó, no miré si estaba desbocada o no; pero, no importa, si usted quiere le pagaré lo que vale.

—Pagaré... ¡je! ¡je!... ¡oh! Usted es un *Roschilss* entonces... un *Roschilss*... Pues yo —y metiendo la mano en el bolsillo sacó una moneda de a real—, yo no entiendo más que esto... y lo que tengo... no se lo he robado a nadie, ¿sabe usted?... lo he ganado yo... y usted es un *Roschilss*... es rico, bota el dinero...

—Pero, dígame lo que vale, y asunto concluido —replicó el otro, molesto.

—¡Oh! ¡no! —y volvió a los manotazos—. Usted caballero... yo también... entre caballeros... no está permitido... pero, yo cuido lo más mínimo, ¿sabe usted?... pero... Usted es rico, es un *Roschilss*...

Comprendió el interlocutor que el anisado ejercía su influencia sobre aquella masa de carne y huesos, y aunque resentido, volviéndole la espalda, lo dejó con la palabra en los labios.

Mal momento era el elegido por Pablito para ir a suplicar y pedir un favor al tendero, y quizás hubiera retrocedido, si él no se le hubiese adelantado preguntándole:

—¿Qué se le ofrece a usted, caballerito?

Vaciló un instante Pablito, pero se rehizo, y trató de llevar al ánimo de don Pedro la seguridad de que lo que se le debía no estaba perdido, y que, como siempre, se le pagaría a fin de semana.

—¡Quiá! ¡quiá! —le interrumpió brutalmente don Pedro—. No hay más seguro que el dinero en el bolsillo... ¿sabe usted?... a ver los reales y tomar los efectos... tá, tá, ta... se acabaron los fiados; ¡ah! los criollitos quieren guerra... pues ¡guerra! espabilarse, ¡dinero y dinero! Mire, mocito... el que no tiene para tafetanes, que no los gaste... el que no tiene, que no gaste lujo... si usted no tiene que comer, venda esa leontina y ese reloj... ¡je! ¡je!... Don Pedro es pobre y no debe a nadie nada... ¿sabe usted? y no gasta esos *perendengues*... pero, ustedes, *Roschilss* también; están aviados los cubanitos... ¡que trabajen!

Haciendo esfuerzos sobrehumanos, conteniendo su ira ante esa procacidad, trató Pablito, como último recurso, de agregarle que de momento no había encontrado trabajo por más que lo había buscado.

—¡Trabajo! —vociferó el tendero, y echándole una mirada indefinible, con voz estentórea y manoteando, le escupió en el rostro—: ¡Métete a guerrillero!

Levantó la mano Pablito, y hubiera cruzado la cara del beodo, a no entrar precipitadamente Susana, cogiéndole por el brazo y diciéndole bajo y rápido:

—¡Atención, *mijo*!

—¡Miserable! —le contestó, dejándose arrastrar de aquel tugurio, pálido y deshecho por el ultraje.

Asomóse el tendero a la puerta, y amenazándole con el puño, siguió diciéndole:

—Ya la pagarás... ¡ah! ya sabrás quién es don Pedro... ¡Soy más malo que el veneno! —recalcó, y siguiendo con la vista la dirección tomada por Pablito, exclamó, crujiendo los dientes de rabia—: *¡Bijirita! ¡mambí!*

XII

—¡Atención, *mijo*! —repetía Susana llevando por el brazo a Pablito, temerosa de que éste se comprometiese, y él se dejaba conducir, ciego de coraje.

Algunos vecinos se asomaron a los gritos del tendero, y al oír el apóstrofe «¡*mambí*!» entornaron la puerta sin ruido para, en caso de averiguaciones, decir que no habían visto ni oído nada.

—*Dá*, te suplico no digas nada en casa; que mamá y Magdalena no sepan lo que ha pasado —y entró sonriendo, logrando así que pasase inadvertido para las dos mujeres el trastorno que se revelaba en su fisonomía.

—Magdalena, si no estoy a la hora del almuerzo, no me aguardes; puede ser que venga tarde.

—¿Piensas almorzar fuera?

—Sí, tal vez me quede con Charlo.

Y salió sin más explicaciones.

Se echaba a la calle sin rumbo ni pensamiento fijo; necesitaba aire; la cólera le ahogaba, y oleadas de furor le hacían crispar las manos, con instinto de ahogar entre ellas al que se pusiese a su alcance. Pensaba y pensaba mucho; el arqueamiento de cejas era en él indicio de profundas reflexiones; veíase vejado y humillado. Después de mucho andar tomó una resolución decisiva; las dudas y las vacilaciones, con las cuales había contemporizado hasta entonces por el temor de dejar desamparados a los suyos, desaparecieron ante la brutalidad del tendero, y se dijo resueltamente:

—¡No seré carga inútil para los míos!

La decisión tomada por Pablito, era de aquellas determinaciones irrevocables que no admiten consejos, y que en caracteres enérgicos es un problema resuelto en que queda echada la suerte. Sus sentimientos revolucionarios, adormecidos por el estado de penuria de su familia y la necesidad de serle útil, quedaron arrollados por el estilo grosero y los insultos que le prodigó el mercader: permanecer más tiempo en la ciudad hubiera sido abyección. Susana le había referido su entrevista con el negrito Juan; comprendió él que éste, listo y valiente, no dejaría de ocupar pronto un lugar distinguido en la guerra, y que, ya que entraba a menudo en la población, debía ser cosa fácil el avistarse con él en la plaza del Mercado, y hablarle como le había hablado Susana: concebido el plan, encaminóse a realizarlo: Juan sería el guía que le conduciría al campo insurrecto.

Medio vacía la plaza, pues eran cerca de las once de la mañana, circuló por ella con desembarazo, y sintiéndose algo fatigado, llegándose a la parte opuesta de la pescadería, en donde se servía café, sentóse en una silla de cuero y pidió una taza de este líquido.

Fumaba, tranquilamente recostado en la baranda de hierro, un hombre de fisonomía audaz, de patillas canosas, que llevaba zapatos de vaqueta, traje de dril azul, desaliñado y raído, con bocamangas coloradas. Tenía un brazo en cabestrillo pendiente del cuello con un pañuelo de seda bastante usado y de color amarilloso, sea porque fuese ese su color. O bien por suciedad; miraba distraídamente a todas partes saludaba a voluntarios y a policías con cierta familiaridad, y a más de uno invitaba cordialmente; en el sombrero lucía la escarapela de voluntario de caballería.

La enfermedad del brazo impedíale prestar servicio, pero pagaba concienzudamente las guardias y acompañaba a sus camaradas los días de retén. Sabíase que, dueño de una finquita por Cauto Abajo, había tenido que abandonarla y que a prodigio escapó con vida de manos de los *bandidos insurrectos*, como repetía él, pero no ileso, pues la herida del brazo había sido un machetazo recibido en la huida.

Echaba pestes contra los revolucionarios, y pedía, como el que más, el ejemplar escarmiento de *toda esa canalla*. Era amigo íntimo de todos los cabos furrieles y los ayudaba casi siempre en el reparto de citaciones para las guardias; tenía habilidad especial para averiguar los movimientos de las tropas, y no desperdiciaba la ocasión de enterarse de cuánto se relacionase con la guerra. Inspiraba completa confianza, se le consideraba como uno de las más ardientes defensores de la integridad: su herida le servía de patente de españolismo.

Mientras la negra preparaba la taza para el café, enjuagándola, y atizaba el fuego para hacer hervir el agua del caldero, en donde se calentaba la cafetera al baño de maría, fijó el voluntario con insistencia la mirada en Pablito.

—¿Gusta usted de un cigarro?[23]

—Gracias; no fumo, caballero.

---

23 Falta una página en el ejemplar de la edición de 1970 que usamos para la presente edición. (N. del E.)

—Veo que no tiene usted vicios chiquitos, como se dice.

Lió un cigarrillo, rayó un fósforo, encendió el cigarro, echó unas bocanadas de humo y continuó:

—Como yo le decía, conozco a un sargento, es decir, conocí a un sargento, insurrecto, pero, ¡vamos, vea usted qué confusión, si el sargento es un negro. Tal vez usted lo conozca, habrá sido de su dotación; se llama Juan...

—¡Juan! ¡un negrito alto, delgado! —se le escapó con viveza a Pablito, perdiendo la reserva que se impuso.

—Sí, ese mismo; ¿no es un negrito que usted hizo que se huyese una vez? Me contó que...

—Sí, efectivamente, lo castigaron cuando no era de nosotros, e hice que mi padre lo comprase.

Esta respuesta pareció satisfacer por completo al voluntario, que, viendo que estaban solos, agregó confidencial y rápidamente:

—Si le conviniese saber de su negro Juan, a las ocho de la noche, en el atrio de la Catedral, por el lado de la sacristía, me encontrará: le conviene no faltar —y poniéndose en pie, agregó más alto—: Ya sabe usted, lo que se le ofrezca, con toda confianza: Anselmo Velázquez, para servir a usted —y añadió a la cafetera—: Esto corre por mi cuenta.

Pablito permaneció un rato más, y levantándose a su vez, tomando distinta dirección, se encaminó a su casa: experimentaba necesidad de estar con los suyos, a quienes pensaba abandonar en no lejanos días, para ir a aventuras peligrosísimas: además, necesitaba reflexionar.

Con nerviosa impaciencia aguardó la hora de la cita; sentóse al lado de su hermana, ocupada entonces en la costura, y con un libro en las manos, tratando de leer, solo lograba volver hojas y más hojas.

Su imaginación lo llevaba a aquel hombre, a Juan, a la guerra, y se preguntaba si no debía desconfiar de aquel voluntario que por su conducta para con él más bien tenía la apariencia de un espía; y luego pensaba en lo que le había contado de Juan, lo cual era como un signo de reconocimiento; y volvía a la duda de si serían cosas dichas para hacerle caer en las redes del gobierno, y tornaba de nuevo a reconsiderar que él, un desconocido, no era nadie para el gobierno, y que en todo caso, permaneciendo receloso y en completa reserva, dejaría marchar los sucesos por sí mismos; que no faltaría al atrio, y en caso de una traición, tendría una disculpa salvadora: «Él solo habría ido para saber de un compañero de su infancia». Y ruborizándose discurrió si usaría o no de una mentira, pues en todo caso alegaría «que su intención fue el ver si podría recuperar al esclavo huido».

Las siete y media serían apenas, y ya se encontraba Pablito en el atrio de la Catedral; era noche de retreta, y la Plaza de Armas se veía cuajada de militares y voluntarios; había bastantes paisanos, muy pocas mujeres; en el atrio, recostados en la baranda que mira a la plaza, se veían distintos grupos.

Brillaba la claridad de los faroles por entre las hojas de los árboles, y se reflejaba en el piso y en los galones y escarapelas que predominaban en el paseo. Pablo Delamour, ganado por la impaciencia, se había adelantado a la cita, y mataba el tiempo dándose paseos por una y otra parte de la Catedral.

Los toques de tambores y cornetas en el momento mismo en que el reloj público concluía con sus ocho campanadas, dieron comienzo a la retreta, y la música rompió poco después con un vals alemán.

Principiado el concierto, limitó Pablito sus paseos por el lado de la sacristía, tal como se lo habían indicado, y a poco vio venir hacia él a Anselmo Velázquez, con el mismo traje y el mismo aspecto.

Saludó a Pablito y le tendió la mano; disimuló éste no correspondiendo a tal franqueza, y aunque se percató de ello Velázquez, se limitó a sonreír esperando disipar muy pronto aquella natural desconfianza.

—Es necesario disimular mucho; parezcamos amigos viejos; sigamos paseando, hablando de cosas indiferentes cuando se nos acerque alguien, mirando al cielo de cuando en cuando, y a las gentes también: paseando se conversa mejor y se disimula más —y echaron a andar siguiendo aquel aviso prudente.

Velázquez continuó:

—Antes que todo debo dar a usted algunas explicaciones que le inspirarán confianza; usted desconfía, y es natural; no me interrumpa, pues es tan natural en usted esto que de no ser así, yo desconfiaría de ustedes; soy perro viejo y conozco al vuelo las cosas y las gentes. Sé que usted es el mismo que usted me ha dicho. Cuando nos separamos, le he seguido; usted vive en la calle del Rastro, con su madre y con su hermana; esta mañana tuvo usted un altercado con el tendero don Pedro, ¡muy amigo mío!; me ha contado todo, y sé que usted es efectivamente Pablo Delamour. No haga gran caso cuando le digo: fulano es mi amigo; ya me comprenderá usted más luego, y verá que necesito de esas amistades, sin las cuales me inutilizaría yo... o me inutilizarían —e hizo ademán de cortar una cabeza—. Le he dicho antes que mi empeño es inspirarle confianza, y a eso voy, pues a mí me toca el hacerme conocer, puesto que de parte de usted no hay que temer nada.

Echó una ojeada a todos lados, y viendo que venían hacia ellos dos sacerdotes, se detuvo; les saludó, y como quien enseña el edificio, le dijo a Delamour bastante alto para que ellos lo oyesen también:

—La Catedral fue reformada después de los terremotos del 52, y últimamente se pintó el interior y se le pusieron los rosetones... —y viéndolos alejarse, añadió—: Es preciso desconfiar de todo el mundo; déjeme seguir: soy voluntario por conveniencia; mi brazo no tiene nada; lo de la herida y demás historias son cuentos que he inventado yo; esta herida supuesta que no se cura es mi salvoconducto a los ojos de todos; entro dondequiera, sé todo, atizo si hay que atizar, todo me lo cuentan, y, *criollo rellollo*, llevo y traigo de aquí para allá y para acá: ya me conoce usted por ese lado. ¿Más pruebas? Aquí las tiene. Juan, el negrito de ustedes, entra por lo menos una vez al mes; a mi casa es adonde llega, deja correspondencia que yo reparto, y se lleva la que yo le doy. Él fue el que me encargó que estuviese al tanto de su llegada para avisársela, y para esto, comprándole a Susana, a quien él me indicó, algo de cuando en cuando, supe que usted había desembarcado; pensé buscarle, y Dios me lo ha mandado. Juan llega por lo regular los sábados, y no debe tardar; ¿quiere usted más señas? ¿No le ha contado Susana de unos pollos y unos ñames que le regaló el negrito? ¡Ya ve usted! —y continuó con la misma verbosidad—: Él es guía nuestro que conduce a la insurrección a los que se van; me ha hecho conocer los sentimientos de usted, y él es de los que creen que estando usted en Cuba, se irá con ellos; esto usted lo dirá, no tengo la pretensión de que usted dé todavía entero crédito a todo lo que le he dicho. ¡Aguarde algunos días! No es preciso alargar más la conversación; me parece de más advertirle que es necesario el guardar la mayor reserva en todo lo dicho; cuando me he confiado a usted es porque sé que puedo hacerlo. No deje de ir todas las mañanas al mercado; allí estoy siempre; cuando vea usted que en vez de este pañuelo amarillo que me sujeta el brazo, tengo uno colorado, será señal de que Juan está en Santiago. Siéntese y tome café todos los días para que noten su presencia allí como cosa corriente, y no lo pague; el café es mío y es solo un pretexto para mis negocios; salúdeme sin entrar en mayor conversación; así me será mejor. Si me ve usted marchar con el pañuelo colorado, sígame a distancia, y donde yo vaya y entre, entre sin cuidado. Voy a separarme de usted; todo lo que tenía que decirle está dicho; ahora me voy al Círculo Español, a jugar un rato a las *siete y media*; conviene ir, conviene, mi amiguito: allí se aprenden muchas cosas y se sabe quiénes son los señalados *para darles capote* —rió con verdadera gana—. ¡Si supieran quién soy yo! ¡La suerte que estoy garantizado! Y aunque no lo estuviese, esto está en la sangre, y usted lo sabe bien: «¡perro huevero, aunque le quemen el hocico!».

—¡Qué hombre! —murmuraba entre dientes Pablito viéndole alejarse en dirección al Círculo y mirando cómo tomaba por el brazo a otro voluntario y saludaba familiarmente a un comandante que cruzaba por delante de ellos.

XIII

En la casa de la calle del Rastro reinaba completa calma. Margarita se acartonaba en una vida metódica e inalterable, compartida entre sus hijos y sus achaques y sus desabrimientos: sus suspiros en son de queja continuaban demostrando su no conformidad con la situación presente.

Susana, el brazo derecho de la casa, en sus múltiples tareas, acudía a todo, prestando sus desinteresados servicios, y atendiendo en los días malos con recursos pecuniarios, préstamos que le hacían sus compañeras, cuando no había dinero de momento para comprar el diario alimento; la cuenta con el tendero don Pedro fue pagada de esta manera con dinero prestado por otra negra esclava, su comadre, con quien había vivido anteriormente.

Pablito, impenetrable, iba todas las mañanas al mercado, y se impacientaba en vista de que pasaban días y el pañuelo encarnado, la señal convenida, no se ostentaba.

Hacíasele tarde para abandonar la población, presintiendo que de continuar en ella sentiría desarrollarse en él un odio feroz, que comenzó a germinar ante el exabrupto del tendero, aunque había servido para arrancarle el último escrúpulo y lanzarle a la revolución, y se contenía para no dejarse dominar por esa pasión que, indudablemente, ante los ejemplos diarios de intransigencia, atropellos y afrentas, había de apoderarse de él y variar por completo su santa democracia, puesto que su fe era «que la guerra se hacía por amor y no por odio».

Cumplida cada día su peregrinación al mercado, no se movía más de su casa. Conocía que se debía a aquellos seres a quienes pensaba abandonar dentro de poco tiempo, y quizás para siempre, y se multiplicaba en asiduidad y cariño.

Sentado al pie de su madre, le recordaba los pasajes de su infancia y le hablaba de su padre; junto a Magdalena leía con entusiasmo párrafos de brillante literatura o le recitaba trozos selectos de poesía francesa.

Susana se complacía en verle siempre en casa; casi constantemente en la calle, conocía la situación que se atravesaba y temía por *su hijo*, y con más veras a consecuencia de la última aventura que de por sí era una amenaza.

A sus oídos llegaban las noticias de las persecuciones; ella escuchaba las diatribas, las injurias; ella sabía lo que pasaba en la población al cerrar la noche, y temblaba al pensar que pudieran arrebatarle en una de ellas a Pablito, como eran arrebatados otros; una imprudencia, un descuido en el hablar, podía comprometerle; teniéndole en casa vivía tranquila: estaba segura de ello. Había tratado de aplacar al tendero y lo había logrado pagándole y a fuerza de adulaciones, y continuaba comprándole: no había, pues, temor por este lado.

Un sábado, a pesar de estar prevenido, Pablito no pudo dejar de estremecerse: Anselmo Velázquez lucía el pañuelo colorado; Juan estaba en Santiago.

Sentóse en una mesa y pidió la consabida taza de café, empleando en sorberlo tanto tiempo, que Velázquez, adivinando por ello la impaciencia que devoraba a Pablito, pues la tardanza en la mesa era lenguaje mudo que no le engañaba, abandonando contra su costumbre la tertulia, le dijo a la negra encargada del servicio:

—Catalina, hazlo tú todo, me duele el brazo; hice fuerza esta mañana, y me parece que se ha abierto la herida: voy a curarla. Si alguien pregunta por mí, que vaya a la noche al «Círculo».

Sin apresurarse llegóse al puesto de Susana, tendió un pañuelo en el suelo, compró unas viandas, atáronle el pañuelo y dirigióse por la calle del Hospital, tomando la dirección de la cuesta de piedad conocida por la Loma de Corbacho.

Dejó su puesto Pablito con la misma indiferencia, y a distancia respetable, llevando el mismo paso que Velázquez, siguió la misma calle.

Subió por el Tivolí, pasó por delante de la capilla de Belén, bajó por la calle de San Carlos, y llegándose a un colgadizo de pretorio muy alto, entró como en su casa propia. Una mujer de alguna edad, con el corpiño caído, dejando ver los brazos y parte del pecho, planchaba en la sala y tenía a su lado gran cantidad de ropa de hombre; la casa era pobre, había en ella pocos muebles, y aquella mujer era lavandera y planchadora de varias tiendas de ropa.

—Buenos días, Ramona; ¿no hay novedad?

—Buenos días, don Anselmo; todo bien.

Era esto sin duda una contraseña, porque continuó Velázquez hacia el patio, diciendo a Ramona:

—Detrás de mí viene uno; dile que siga.

Pablito, que no perdía de vista a su guía, penetró a poco, y no dándole tiempo para preguntar, le dijo Ramona:

—Siga adelante, al patio, a la derecha —y acostumbrada a estas maniobras, continuó planchando, en tanto que Pablito, fiel a las instrucciones, avanzó sin vacilar.

—¡Mi amo Pablito! —oyó pronunciar apenas llegara al portal, y en tanto que descubierto, desde un cuarto en el patio, le devoraba con los ojos el negrito Juan.

Al lado de Juan, Anselmo Velázquez, sentado, fumaba tranquilamente. Dejó a Pablito solo con su antiguo esclavo, y se fue a la sala a departir con la planchadora.

No eran dueño y sirviente los que se encontraban frente a frente: eran dos amigos entrañables: el blanco estrechaba la mano al negro, el negro se la besaba y lloraba de alegría.

Refirióle Juan su existencia desde que fue abandonada *La Fortuné*, la vida de peligros y de azares emprendida gustosamente, y cómo, con la esperanza de encontrarle un día —su corazón se lo decía y no lo había engañado—, se había ofrecido él para ser uno de los que se arriesgasen a entrar en la población cuantas veces fuera preciso, aunque corriera peligro su cabeza. Que él había venido de parlamentario con el coronel Pío Rosado, y que había recomendado mucho a Velázquez que estuviese al tanto de su llegada para presentárselo, y que para él y los suyos era su esclavo de siempre, que mandase y él obedecería.

—Está bien, Juan; yo no he variado tampoco para contigo: soy siempre el mismo y pronto te he de necesitar; pero, Juan, hiciste una cosa mal hecha, ¡no debiste nunca haber abandonado en el camino a mi pobre gente!

—¡Ah! ¡mi amo Pablito! no me quedó otro remedio. ¡Si entro en Santiago me venden para Cienfuegos!

Bajó la cabeza Pablito, murmurando:

—¡Es verdad! —y quedó un instante en corta meditación.

—Juan, ¿qué grado tienes en el ejército?

—Soy sargento, mi amo.

—¿Cuándo te vas?

—Mañana por la mañana.

—Cuenta con un soldado más.

—¡Mi amito! —y unió las dos manos como el que va a orar. Y añadió que no era posible salir juntos, que él entraba y salía disfrazado de carbonero, con su correspondiente salvoconducto y unas pocas provisiones para aparentar mejor que lo era; pero que don Anselmo lo arreglaría todo; que había otros que se marchaban también, y el mismo don Anselmo era el encargado de facilitarles la salida, y que a él le tocaba aguardarlos en Gascón.

Advertido Velázquez e impuesto de lo que se trataba, añadió a Pablito:

—No se ocupe usted de nada; esté usted listo para cualquier hora, y nada más. Continúe sus visitas a la plaza y haga en ella lo que ahora ha hecho. Para salir de la población aprovechamos muchas veces los entierros, y raro es el día en que no muere algún pobre: estos son los útiles; cuando sea hora, le avisaré calle y número; usted se presentará como uno de los convidados, y en el cementerio le indicaré lo que sea preciso; ahora conviene que usted salga por el traspatio: la casa tiene tres salidas; salga por esta portería: no hay más que hablar.

—¡Juan, hasta pronto!

—¡Adiós, mi amito!

Y ambas manos volvieron a estrecharse con energía.

XIV

Pocos días esperó Pablito para el momento anhelado; al llegar al café de Velázquez, parecióle que éste le aguardaba, y así era efectivamente; tras una inclinación de cabeza y una mirada imperceptible para los demás, ocupó Pablito un lugar en una de las mesitas.

—Caballero —dijo Velázquez dirigiéndose a él—, voy a convidarle a café hoy. ¡Caramba! no ha de ser usted el que pague siempre: hoy me tocará a mí; lo tomaremos juntos —saboreando el negro néctar continuó—: Voy a pedirle un pequeño favor, si puede hacerlo: la hija de un amigo mío ha muerto esta mañana, y si usted pudiera asistir al entierro se lo agradecería con el alma.

—Cuente usted conmigo; justamente estoy sin ocupación y dispongo de todo mi tiempo.

—Le anticipo las gracias, amigo don Pablo; es entierro sin etiqueta, y puede usted ir vestido como quiera; es el de un pobre, y los pobres lo agradecemos de cualquier modo. El entierro es mañana por la mañana, a las nueve y media, calle de San Ricardo, número 22. Aunque luego se retarda la hora fijada, conviene estar a la hora precisa.

—Asistiré con mucho gusto: basta que sea el entierro de un pobre para que yo no falte.

Palpitábale el corazón; su resolución era irrevocable, y sin embargo, aun dada su voluntad, llegado el momento decisivo sentíase encogido y experimentaba la impresión vaga de lo desconocido, algo como la zozobra del que por primera vez, en noche oscura, penetra en un bosque enmarañado y peligroso.

El tiempo era corto por demás, y parece que corre más veloz cuando son contadas las horas de que se puede disponer. Quiso poner cara alegre, simulando lo que no experimentaba, y la misma exageración hizo que Magdalena sospechase algo, pues para ésta nada pasaba inadvertido de lo que concernía a su hermano: algún proyecto importante le tenía preocupado.

Mirábale como interrogándole, y él, indeciso y deseando hallar un momento oportuno para hablarle, la miraba también y con las miradas le respondía:

—¡Espera!

Llegóse Pablito a su habitación, y disimuladamente púsose a escoger pequeños útiles que podrían servirle en la guerra, dejando intactos sus ropas y cuanto constituía su propiedad particular.

Sentado al borde de la cama, con una silla sirviéndole de banquillo para colocar los pies y de mesa para el tintero, escribía una carta, puesto el papel sobre un libro: se despedía de su amigo Agustín Granada: quería cumplir con todos.

Embebecido en ello, no notó la llegada de Magdalena; ella, ansiosa por saber, venía a inquirir lo que sucedía.

Tomóle la cabeza entre las manos y le estampó en la frente un beso largo y cariñoso.

—¡Cállate! —dijo Pablito, y agregó a su oído—: ¿Mamá no tiene que salir al mediodía?

—Sí; saldrá con *Dá*; tiene que ver a *Madama Pauline*.

—Espera para entonces.

Al mediodía, según lo anunciado, salieron juntas Margarita y Susana.

Apenas habían doblado la esquina, cuando Magdalena, cerciorada de su libertad, echando el cerrojo a la puerta para mayor seguridad, preguntó con ansia a su hermano:

—¿Qué pasa? ¿Qué tienes que decirme?

—Ven —y Pablito la condujo hasta la maquina de coser—; siéntate, apoya los pies en el pedal, hazlo girar: está bien, basta; en caso de necesidad, te pones a coser y disimulamos si viniese alguno: escucha ahora —y tomándole ambas manos prosiguió—: Mi querida Magdalena, voy a dejarte —y a su pesar, a esta frase tan sencilla sintió anudársele la garganta y empañársele los ojos; haciendo un esfuerzo consiguió dominarse y siguió—: Tú sabes lo inútil que soy para ustedes, y que en vez de un auxilio les soy una carga: ¡no me interrumpas! Nuestros corazones son tan semejantes que, sintiendo de la misma manera, no necesitan justificarse: soy, pues, una carga, y esto no puede continuar así; esto, sin embargo, no hubiera sido motivo para no prolongar mi estancia aquí y no abandonarlas; pero, a mi inutilidad, se han venido agregando todos mis sentimientos y mis ideas. ¡Cómo me vienen a la memoria las palabras de papá! me parece que le estoy escuchando. Tú, que eres idéntica a mí, comprendes cuánto se sufre cuando se vive en constante contradicción con todo lo que nos rodea. Yo he venido constriñéndome para no estallar en medio de los vejámenes diarios con que se nos ultraja. Por ustedes he sufrido mucho moralmente, y estaba dispuesto a sufrir mucho más, y cuenta, Magdalena, que me avergonzaba ante mis propios ojos; para mí, Magdalena —y brillaba su mirada, y se coloreaban sus mejillas, y hablaba con entusiasmo—, es una vergüenza el permanecer tranquilo en la población, en tanto que los demás se exponen a todos los peligros, y más vergonzoso aún pensando como ellos, sintiendo como ellos, y con más aliento y más eficacia revolucionaria que la mayoría tal vez de los que se baten. Mis convicciones son profundas; fuera de la de ustedes, no hay más imagen en mi corazón que la de la patria, no hay otro amor rival del que les profeso que el amor a la libertad, y todo esto, Magdalena, sentimientos, ideas, voluntad y vergüenza, lo ahogaba para no darles qué sentir: ¡quién sabe cuánto tiempo hubiera permanecido así, siendo un mártir de mí mismo! Si... ¡tal vez la mano de Dios! Si no se me hubiese injuriado días atrás, vacilaría todavía —y refirió a su hermana lo acontecido con el tendero don Pedro, y el «¡métete a guerrillero!» y luego le agregó su entrevista con Juan y que al día siguiente se marchaba a la insurrección, y concluyó exclamando—: ¡Pobre mamá!

Palidecía Magdalena y experimentaba ansiedad indefinible; apretaba cada vez más las manos de su hermano, y bebía sus palabras sin apartar de él la vista.

Magdalena no era ya aquella criatura, niña soñadora por instinto, llena de gérmenes de ideas generosas; la edad, desarrollándola y embelleciéndola, había transformado aquellas ideas convirtiéndolas en rebeldías, y el grito de Yara resonó en su corazón llenándola de alegrías y vibrando en ella como el toque sagrado del Ángelus, repetido por las vibradoras campanas y transmitido el eco a la mayor lejanía.

Notábase ansiedad en sus anhelos y dilatábase su pecho en leves aspiraciones. La órbita de sus ojos parecía aumentada y dábale mayor realce a su palidez y a la luz de sus pupilas; cumplidos los veinte años, virgen de afectos que no fuesen los sustentados para su familia, era su alma tierra propicia para cualquier simiente: el amor no había descorrido jamás su pudor de virgen.

Nutrido su espíritu con lecturas de relatos históricos, Grecia y Roma habíanla entusiasmado con sus repúblicas, sus Brutos, sus Espartacos y sus

Leónidas, y comprendiendo aquellas grandes virtudes y aquellas heroicidades por la patria, rendía culto a esta divinidad con verdadera idolatría.

Tras corto silencio le habló Magdalena conmovida:

—¡Pablo! ¡Pablo! —y mirábale con fijeza sin igual—. Anda, ve; ¡cumple con tu deber! No te inquietes por nosotros, ya ves cómo vivimos, y así seguiremos viviendo; dices bien. ¡Pobre mamá! El golpe será muy duro para ella, no le digas nada, no te despidas, ¡sería hacerla sufrir horriblemente! ¡tú mismo quizás no resistirías! Pero, Pablo... ¡quiero saber de ti! ¡quiero que me escribas! ¡Si te sucediera una desgracia!... —y corrían sus lágrimas de la misma manera que corrieron al morir su padre.

—¡Basta, Magdalena! ¡no llores! —y dando tono alegre a su voz, continuó—: Mira, no temas; ¡si vieras lo fuerte que está Juan! Prometo escribirte; tú me escribirás también; casi todos los días entra correspondencia del campo insurrecto, y no te faltaré; mis cartas serán para las dos, para ti y para mamá; no les pondré más dirección que las iniciales y firmaré con una P. y después agregaré *Fortuné*: bueno es preverlo todo... Fíjate bien en esto ahora: a cualquiera que venga de mi parte exíjanle un signo de reconocimiento para estar convencidas —y pensó un rato—. Atiende, Magdalena, cualquiera que llegue a ti te dirá ante todo *Fortuné*; fíate entonces de él; sin esta palabra, desconoce a todos... Si me sucediere una desgracia, el que venga a decírtelo te traerá el anillo de matrimonio de papá: ¡solo muerto yo, se separará de mí!...

No pudieron continuar, embargados por la emoción; echáronse el uno en brazos del otro y lloraron como niños.

Llamaron a la puerta, giró la máquina trazando la labor con el pinchar de la aguja, y Pablo, haciendo como que venía de su habitación, fue a recibir a su madre, que llegaba.

XV

Aquella noche salió Pablito con intención de pasear la población y mirarlo todo: ansia de ver, como aquel que va por última vez a un lugar y recorre los contornos para fijar en la imaginación los puntos que espera no mirar de nuevo jamás.

Pasaba por delante de la placita del Carmen, y oyendo que le llamaban, volvió la cabeza y vio a su amigo Charlo, el militar, haciéndole señas desde la puerta de una tienda.

—Amigo Pablo, al salir de aquí hubiera ido en su busca: salgo mañana a campaña, e iba a despedirme de ustedes.

—¿De veras? ¡Cuánto me alegro de que nos hayamos encontrado! ¿Está usted haciendo alguna compra?

—Sí, un pequeño maletín de viaje.

Penetraron en la tienda, especie de miscelánea o bazar cuajado de efectos de quincalla.

En aquel momento había un despacho regular, y el dueño, sentado en una silla de cuero, recostado a la pared, tuvo que ir en persona a atender a los nuevos compradores. Sesenta años cumplidos tendría el dueño; era alto, grueso, bien conservado, sumamente aseado, de carácter franco y bondadoso. Desde los catorce años, emigrando de Cataluña, dejó la villa de Sitges, con su playa de arena finísima, y sus olas quebrándose en suave pendiente, y su alameda de rojas adelfas, para venir a Cuba en busca de una fortuna: trabajó, creció y envejeció, hizo algunas visitas a su patria, y con un regular pasar, muertos sus padres, fijó definitivamente su residencia en Santiago, a la que «lo debía todo», como solía decir.

Hablaba de su tiempo cada vez que alguno estaba dispuesto a escucharle, y era una crónica viva de los *tiempos viejos*. Muchas palabras castellanas escapaban de su boca con el dejo peculiar de los catalanes, y aun algunas bien pronunciadas lo eran a la *antigua usanza*, como decía él: *tixeras, fierrocarril*, y agregaba:

—Todo lo van cambiando; yo ya soy muy viejo para aprender de nuevo.

Repetía satisfecho «yo soy de la tierra», y sin ambages, gustasen o no gustasen, le decía las verdades a cualquiera. Conocía al dedillo las anécdotas de su época, y las refería con chispa, desde las de los tiempos del arzobispo Alameda y Brea y el gobernador Juan de Moya. Contaba que habían

146

sido notables las parrandas en la loma de Santa Ana adonde iba a descansar la ronda de los Noble Vecinos, compuesta de cubanos y peninsulares, y de la cual él fue sargento.

—¡Los buenos tiempos aquellos! —murmuraba—. He visto muchachos a los hombres grandes de hoy —hablando del gobernador Piquero, añadía—: En mi tiempo se decía «más malo que Piquero»... Los Palacios, los Rodríguez, los Bory, todos éramos uno: ¡qué tiempos! ¡qué tiempos!

No se le despintó Pablo Delamour; así que, viéndole entrar, le preguntó si no era él el hijo de don Pablo, y al contestar que sí, como si fuesen dos amigos, le tendió la mano y le dijo con cariño:

—¡Estás grande, muchacho! ¿ya no te acuerdas de mí? Cuando murió tu pobre padre estabas fuera; yo fui a su entierro. ¡Pobre don Pablo! ¿Y en qué te ocupas, muchacho?

—En nada por ahora, don Magín; pienso ver si encuentro trabajo en el campo.

—Eso está malo ahora; con la maldita guerra, todo se ha echado a perder. ¿Y tu mamá? ¿Y tu hermanita? Bien, me alegro; salúdalas de mi parte y que, pobres o ricas, soy siempre el mismo; les dirás que aquí pueden mandar por lo que necesiten. ¿Oyes?

Dióle las gracias Pablo con efusión, y le refirió que efectivamente eran ahora muy pobres, y que no tenían, como antes, con qué hacer compras.

—No importa, les fiaré, ya me pagarán cuando puedan; mira, muchacho, menos tenía yo cuando vine a esta tierra, y... ¿Qué andan ustedes buscando?

Charlo hizo la compra, y Pablo, disimulando su situación, trataba de alejarse por temor de venderse impensadamente.

El dueño de la tienda contaba al militar que en Cuba había ejercido varios oficios, que le fueron más o menos bien, hasta que por fin determinó *poner la quincalla*, que no le iba mal y le daba para vivir; que tenía muchos amigos cubanos con quienes había *mamarrachado* y hecho buenas correrías.

—¿Y cómo se las arreglará usted ahora? —agregó Charlo alegremente y riéndose—. Si ganan los *mambises* no va a quedar un *patón*.

—¡Ojóo...! —exclamó don Magín—. A los paisanos que me han *venido a buscar la boca con eso* les he dicho enseñándoles mis pies —y avanzaba uno pequeño y bien calzado—: esto no va conmigo. Y después, entre tanto muchacho, no hay uno a quien yo no haya vendido un lápiz o una pluma. ¿Y las *ñapas*? ¡bah! mire, amigo, a mí me llevan a la punta del *guafe*, me van a tirar al bote, y los tablones me echan para atrás: la tierra es mía —y se reía con la mejor gana y buena fe del mundo.

Despidiéronse, y al salir a la calle, sentándose de nuevo don Magín en su silla de cuero, arreglando un cigarro, murmuró refiriéndose a Pablito:

—¡Jum! ese muchacho no me engaña: ¡ese se va al *monte*! —y se estuvo moviendo la cabeza entre triste y descorazonado.

Para Charlo tampoco había pasado inadvertido el dicho de Pablo de que pensaba ver si encontraba trabajo en el campo, y así es que tomándole por el brazo le dijo:

—¿Quiere usted, en vez de ir hasta su casa, como pensé, acompañarme un rato?

—¿Por qué no? Vamos adonde usted quiera.

Bajaron la calle de Santo Tomás, y al llegar a la plaza de dicho nombre, completamente solitaria y despejada de árboles, le dijo Charlo:

—Sentémonos un rato; estaremos solos.

Allí en verdadera soledad, comenzó Charlo diciéndole:

—Amigo Pablo, le he oído decir en la tienda que pensaba usted marcharse al campo en busca de trabajo —hizo Delamour una inclinación de cabeza en señal de asentimiento, y continuó Charlo—: Está bien; no le pregunto para que me haga conocer su secreto; voy a permitirme hacerle una indicación: en cualquier tiempo, dondequiera que se encuentre usted, no olvide que tiene en mí un amigo sincero y verdadero. No quiero saber cuáles son sus determinaciones; no puedo ni debo pedirle tampoco esas confesiones. Usted sabe cómo pienso yo, y yo conozco sus ideas; usted recordará que anteriormente le he referido que nosotros somos liberales de abolengo y que mi padre murió fusilado en Zaragoza por su amor a la libertad. Vamos a separarnos ¡Dios sabe hasta cuándo! Crea usted en la pureza de mis afectos, como creo yo en el cariño de usted —y tras una pausa, prosiguió afectado—: Dondequiera que nos hallemos, seamos el uno para el otro los mismos que hemos sido hasta hoy: ¡que no se rompa el lazo que nos une!... Antes de marchar, quisiera abrazarle fuertemente; pero no debemos hacerlo en público; deme usted su mano... Gracias, y ahora, amigo Pablo, ¡sigamos cada cual nuestro camino, y, cúmplase lo que el deber y el destino nos imponen!

No debían volver a encontrarse jamás.

XVI

Clareaba apenas el día siguiente cuando Magdalena, abandonando sigilosamente la cama, se vestía sin ruido. Margarita despertaba tarde porque por la madrugada era cuando lograba conciliar el sueño: aquella noche los dos hermanos no pudieron dormir.

Magdalena, llegándose a la puerta de la habitación de Pablo, y tocando quedo, le llamó; pensó que estada despierto y que habría pasado, como ella, una noche de insomnio.

—Pablo, aprovechemos el que mamá duerme; no he podido pegar los ojos —y mirándole, le dijo—: ¡Ni tú tampoco! es natural. Oye, te traigo algo; cuando papá murió, unos días antes casi volvió a su juicio. Primero estuvo unos días sin hablar, y, una vez, después de la lectura que le hacía yo diariamente, nos sorprendió a mamá y a mí, pidiéndonos papel y pluma. Tú sabes que no le contradecíamos nunca, y menos debíamos hacerlo en esos momentos en que, llenas de alegría, nos figurábamos que aquello era buena señal, ¡y era su fin! —y calló un instante al dolor de ese recuerdo—. Pues bien, le di lo que pedía y púsose a escribir; a veces se detenía, a veces volaba la pluma; tú verás lo que escribió: hay renglones ininteligibles, pero otros están completamente claros. Tal vez quiso escribir mucho más, pero cayó en tal debilidad que ya al día siguiente no se levantó más: agonizaba. De acuerdo con mamá lo guardamos, y por su consejo no te lo he entregado antes. Mamá me decía que no convenía que lo vieses por ahora; pensaba y quizás temía la pobre en lo que precisamente va a suceder ahora, y por mi parte no quería tampoco que lo vieses para que no obedecieses a influencias; hoy esto es tuyo: toma, lee —y le entregó unos pliegos de papel doblados en cuatro.

Pablo los tomó, y desdoblándolos se fijó con avidez en aquella última escritura de su padre; los renglones eran desiguales, palabras salpicadas de tinta por el rasguear de la pluma, manchones en vez de letras, rayas en lugar de palabras que comenzaban por una sola letra, y se notaba que el documento había sido escrito a veces con frenesí y otras lenta y pausadamente, como aquel a quien el pensamiento se escapa si no acierta a transcribirlo inmediatamente.

El escrito no iba dirigido a nadie; era el último desahogo semilúcido de un cerebro que se agota, frases que no tenían ilación, palabras que nada decían.

Pablo, sentado al borde del catre, inclinaba la cabeza sobre la hoja de papel que contenía los últimos pensamientos de su padre; su hermana, sentada sobre un baúl, contemplábale leyendo; sentía que el corazón se le dilataba y se le ensanchaba el pecho con suspiros que se le escapaban, y comprimíase para no dejar ver sus lágrimas.

Leíanse aquí y acullá, como en una danza fantástica de letras mal dibujadas, las palabras «catástrofe», «justicia», «providencia», y luego líneas y más líneas, y luego una frase correcta: «Los pueblos se redimen como se redime el individuo»; seguían las líneas sin ilación, especie de jeroglíficos, y después, como si a algún esfuerzo superior hubiese podido coordinar por fin las ideas, estaba escrito en un solo período:

«Pesa sobre Cuba un crimen cuya expiación habrá de pagar durante largo tiempo: haber aceptado la esclavitud habrá sido falta de los tiempos pasados; sostenerla hoy es el crimen nuestro. ¿Caerá ella sobre nosotros y nuestros hijos?... ¿Será verdad lo horrible de esta frase evangélica de que *la culpa de los padres caerá sobre los hijos hasta la quinta generación*? ¿Habrá de vivir en la historia de la humanidad Cuba esclava encerrando en su seno otra esclavitud mayor, superposición de una barbarie sobre una torpeza? Cargamos con la cruz colonial sin personalidad, llevados, traídos y dirigidos adonde y cómo le plazca a la metrópoli en desatentado desconcierto, desconociendo sus propios intereses y los nuestros, y bajo el peso de esa carga, despechados e impotentes, seguimos indiferentes oprimiendo a otros seres más débiles que nosotros, más desheredados y más desgraciados; ¡no hay amparo para ellos en nadie! ¡Hasta los mismos sacerdotes del Cristo que murió por redimir a la humanidad, serviles y codiciosos, al ungirlo con el óleo santo los bautizan esclavos en nombre de un Dios misericordioso y justo!

»¡Cuánto cobarde! ¡Y el cieno caerá sobre mis hijos también...!

»¡Hosanna! ¡Gloria al Señor de las alturas! ¡Mis hijos no serán infamados! Recuerdo ahora sí, siento repercutir el chisporroteo de *La Fortuné*: ¡Bendito seas, fuego! Tú nos purificas, tú eres ¡oh llama! el fuego sagrado de Zoroastro. Los cubanos claman por su independencia y sacuden el yugo de la opresión de 400 años y han sido justos consigo mismos. La patria es una, y su unidad existe: las razas que con nosotros trabajaron, y vejadas con nosotros y por nosotros, unidas a nosotros forman un solo hijo de esa patria desamparada que se lanza por derroteros desconocidos a la conquista de sus derechos: los colores han desaparecido; borrados los antagonismos, quedamos redimidos de nuestro pecado original. ¡No hay más que cubanos! Y si la historia mañana quisiera señalarnos con el dedo marcándonos como con el estigma del réprobo, le mostraremos las tierras de nuestra Cuba calcinadas por los incendios destruyendo las propiedades amasadas con el sudor y las lágrimas del esclavo, y el verdor de nuestro suelo pintado de rojo por la sangre del negro y del blanco, mezcladas en la misma lucha, derramándose por la misma idea, por la misma aspiración sublime, cayendo unidos en la misma fosa, abrazados como hermanos por la única causa santa: ¡la libertad!

»La niveladora, el tiempo con sus desastres cubrirá con...»

Y no se entendía lo que había escrito después.

Repetíase seguido tres veces la palabra «patria», luego «perdón», y luego palabras francesas incorrectas y el nombre de algunos de sus esclavos; el periodo lúcido había pasado o el esfuerzo para combinar el párrafo transcrito habíase apagado con el último destello de inteligencia.

Quedóse Pablo en suspenso contemplando el papel que conservaba en las manos, y viendo pasar ante sus ojos las letras negras que entrañaban la oración de su padre, y como si la escuchara, quedóse atento cual si efectivamente llegase a él aquella voz que no debía volver a oír; aquella especie de discurso era una sanción del acto que iba a ejecutar, revelándosele como la única voluntad impuesta, y parecióle que desde lo desconocido su padre le bendecía por su determinación.

No se cansaban de mirarse los dos hermanos, y cayendo de nuevo el uno en brazos del otro, se abrazaron estrechamente una vez más.

XVII

Gritos y lamentaciones; una mujer que forcejea con ademanes de acciden-tada; otra luchando por abalanzarse a la puerta de la calle; otras empeñadas en sujetar a ambas, y en la contienda derribándose sillas que se encuentran al paso; escena de exageración de dolor por una parte y de pantomima acostumbrada de dolientes por la otra, es la especie de barullo que rompe con la seriedad del triste espectáculo de un féretro que, llevado en hombros por cuatro individuos, va calle abajo por la de San Ricardo.

El ataúd forrado de blanco percal indica que es el de un pobre el cadáver que contiene y que son los restos de una virgen los que se encierran en la modesta caja. No hay una corona ni una flor sobre la tapa. A la cabecera, con tachuelas de cobre, puso el carpintero J. O., iniciales del nombre que usó la difunta, y tras el féretro va el padre presidiendo el duelo, con la ca-beza baja, acongojado, dominando su dolor. A su lado seis amigos más que han de servir para relevar en el trayecto al cementerio a los que llevan la caja a cuestas; cierran la marcha otros varios, y entre ellos un hombre trigueño, alto, enjuto de carnes, todo nervio, frisando en la edad madura, pintada en las arrugas y en las canas; junto a éste, Velázquez, con su brazo en cabestrillo, usando en el traje las consabidas bocamangas coloradas de voluntario de caballería, y en el sombrero la escarapela española: Pablo va junto a él. Entre los acompañantes van dos *pardos* con el traje de voluntarios obreros y un *moreno* con el de bombero, trajes que habrán de servir para mayor garantía de que al pasar por la entrada del camino de la Isla no habrá oposición a su paso.

La calle, descompuesta por la incuria y las lluvias, ofrecía a la vista zanjas que había que salvar y repechos que obligaban a levantar el cadáver a lo alto para guardar el equilibrio, e iba el féretro ascendiendo y descendiendo en movimiento ondulante como una toza perdida en medio del mar; el cascajo por un lado y lo resbaladizo de las cuestas por otro acortaban el paso de los cargadores que a momentos encontrábanse con el ataúd en el centro de los que los acompañaban, y a veces, franco el camino, les permitía acelerar el paso aventajándoles a gran distancia, costándole al séquito alcanzar el cadáver. Las gentes, siempre curiosas, asomábanse a puertas y ventanas al acompasado son de los pasos que hacían crujir con fuerza la arena que a ambos lados, en casi todo el trayecto de la calle, encauzaba la sucia corriente de agua que, a semejanza de un arroyuelo, corría por el centro.

Los hombres se descubrían, alguna vieja se santiguaba, y alguno que otro exclamaba:

—¡La pobre!

Pablo, alejado ya de la familia, mostraba en su fisonomía la serenidad de un carácter firme que no retrocede; al llegar al lugar del entierro se había murmurado «*alea jacta est*», y como quien echa de sí una carga que le estorba, iba en el cortejo con la indiferencia del que cumple con un simple compromiso social, y no del que va a dar paso tan transcendental que implica y resuelve todos los problemas de la vida.

Al salir de su casa, Magdalena le había llamado con el pretexto de arreglarle la corbata.

—¡Poco *pretencioso*! —añadió mirándole con aquellos hermosos ojos que brotaban inteligencia, y en tanto que le deshacía y volvía a ceñir la corbata robáronse furtiva y mutuamente un beso.

—¡Toma, guárdalo! —le dijo Pablo, y apretó en las manos de su hermana el reloj de oro—. ¡Si necesitas, véndelo! —y al obrar así se sentía como sugestionado por su mismo padre, a quien se figuraba tener a su lado guiándole y acompañándole. ¡Tal efecto hizo en él la lectura de los últimos pensamientos del autor de sus días!

El entierro atravesaba el Paseo de Concha y llegaba a la entrada del camino real de la Isla. El Yarayó servía de foso entre la ciudad y el campo; las tiendas y ambos lados del camino, del lado de la población, de murallas, y un torreón a la salida del puente, con fuertes trincheras de madera recia, formaban en su conjunto un reducto cerrado, por el cual había que pasar al entrar o salir por ese lado: una numerosa guardia de voluntarios guarnecía ese lugar.

Detuviéronse con el cadáver en el centro del reducto, y allí, acercándose todos los acompañantes, bajando el féretro de los hombros, sostuvieron el ataúd con las manos, en tanto que se aflojaban los tornillos que sujetaban la tapa, para poder enseñar el cadáver al cabo de guardia.

Al quedar descubierta la muerta, instintivamente fijáronse todos en ella, y se escuchó un sollozo: escapábase de los labios del padre que comprimía su dolor.

Era un triste y original espectáculo el de aquella criatura tendida en su último lecho, al aire libre, vestida de blanco, con una corona de rosas de papel blanco y con las manos cruzadas sobre el pecho. Los cabellos esparcidos encuadraban una faz amarillenta y enflaquecida, los ojos entreabiertos permitían ver el vidriado de pupilas que no ven y la boca contraída dejaba escapar por entre la dentadura un hilo sanguinolento que, corriendo por la mejilla, iba a manchar la blanca tela que envolvía el cuello. A ese examen la rodeaban los amigos que la conducían a la última morada, y más de cerca un grupo de indiferentes armados cerciorándose de que era verdaderamente un cadáver lo que encerraban aquellas cuatro tablas.

—¡Pasen! —ordenó el cabo, y de nuevo púsose en marcha el entierro.

El camino real empolvado abríase solitario ante aquel pequeño grupo y se perdía de vista hacia el cementerio: ni un hombre, ni una bestia, ni un pájaro. Imponíase la soledad, e impresionaba más por el estado de sobresalto de los ánimos, sintiéndose verdadero miedo al dejar tras sí la población; que, por peligro positivo, aun no estando presente, era el enemigo el dueño del campo. De distancia en distancia, bancos de ladrillos deteriorados mostrábanse en ruinas, y a un lado los restos ennegrecidos de una tienda quemada parecían un túmulo levantado a la destrucción, símbolo de atrevido alarde de los revolucionarios. Los mangles de la playa, bañados por el mar en su marea alta, alternaban en esa tierra árida con alguna palma-cana y acacias silvestres de olorosas florecillas que crecen a ambos lados de la vía. Apresuraron todos el paso al encontrarse allí; tenían afán por concluir con su cometido y llegar al cementerio. Llegaron sin otras formalidades, indicó el guardián el lugar de la fosa común, en el segundo patio, hacia cuyo punto sin perder tiempo se dirigió el cortejo, y en donde aguardaban los sepultureros.

A una mirada de Velázquez, detúvose Pablo en la entrada: allí se encontraba también el individuo alto, trigueño, todo nervios. Llamóles aparte Velázquez.

—Amigo Cintra, aquí tiene usted el joven de quien le he hablado: no pierda usted tiempo; márchese antes de que vuelvan los acompañantes: don Pablo, el señor es de completa confianza.

Saludó Cintra a Pablo, y sin detenerse más, le dijo:

—Vamos, joven, nos aguardan —y tomando por frente al cementerio, se perdieron pronto de vista entre mangles y aromales.

154

Nadie notó, o pareció, notar, la falta de Cintra y de Pablo: el interés de cada cual era el encontrarse cuanto antes dentro de trincheras, y a ello se encaminaron sin dilación.

—Debemos apresurarnos, amiguito; la jornada será algo larga, y mientras no estemos a cierta distancia no debemos fiarnos de nada; sígame usted sin miedo, que no tardaremos en encontrar caballos y ya entonces será otra cosa —decía Cintra dirigiéndose a Pablo, en tanto que seguía una senda estrechísima, separando las ramas que le estorbaban el paso y con una seguridad que revelaba lo conocedor que era del terreno que pisaba.

Llegaron así hasta una cerca de mayas que cerraba por completo la vereda seguida. Pablo se preguntaba qué sería lo que determinaría su guía o si éste se habría equivocado, pues no era cosa hacedera el saltar aquel valladar, cuando vio a Cintra escudriñar un instante el lugar, y llegándose a la cerca tomar una de las mayas, y luego otra, hasta dejar un boquete, y decirle:

—¡Pase! —y fue cuestión de un momento pasar ambos y volver a colocar con cuidado y rápidamente las plantas separadas, cerrando la cerca de nuevo, de modo que solo los iniciados conociesen la estratagema.

De allí en adelante estaban en Cuba libre.

XVIII

Tras la cerca, encontrábanse en un potrero escaso de árboles y bien empastado de hierba de guinea. A lo lejos se vislumbraba un pequeño cerro, en cuya falda se destacaban varias guásimas, y hacia las cuales encaminaron sus pasos Cintra y Pablo. Se les aguardaba; apenas hubieron andado poco más de la mitad del trayecto que los separaba de la loma, salióles al encuentro un hombre armado de machete. Antes de que se les dirigiera intimación alguna, llevó Cintra la mano al sombrero, haciendo el saludo militar, y exclamó:

—¡Cuba libre!

—¡Adelante! —respondió el que avanzaba, y recibidos amigablemente, después de breve conferencia, guiándoles el que les había salido al encuentro, se desviaron del camino seguido hasta entonces, internáronse en una cañada, y a poco dieron de manos a boca con Juan y tres caballos ensillados.

—Gracias a Dios, mi amo Pablo; ¡qué largos he encontrado estos días esperándole! ¡Por poco entro en Santiago!

—Aquí me tienes ya, Juan; volvemos a estar juntos.

Ciñóse Cintra un machete y un revólver que le entregó el negrito, y requirió las riendas de una de las cabalgaduras.

—¡A caballo, caballeros! —les interrumpió el que les había guiado hasta entonces, dando a conocer con esto que era jefe de la pequeña partida, y dirigiéndose a Cintra le preguntó, en forma reveladora de que guardaba para él deferencias particulares:

—Vamos directamente a Brazo Escondido; ¿le conviene a usted ir primero a otra parte?

—Sí, quisiera llegarme antes a casa; arreando un poco no perderemos camino; cortaremos por dentro de los cafetales; soy práctico de todo eso.

—¡Pues arreando! —y clavó espuelas y salieron a toda marcha.

Aquel andar daba a Pablo impresiones nuevas y era otra novedad para su fantasía. Las sinuosidades de aquellas veredas increíbles, los montes cerrados, los ríos pintorescos y aquellas empinadas lomas, inaccesibles casi si no fuese por esos caballos aguilillas y feos y de una resistencia a prueba de leguas, hablaban a su imaginación, cautivándola. Poco acostumbrado a montar a caballo, sufría aquella marcha rápida, por aquellos andurriales, y aunque el caballo era escogido por el mismo Juan, experimentaba el natural cansancio y él estropeo consiguiente.

Después de largas horas de recibir a plomo el Sol de los trópicos, sin acortar el paso de los caballos, dijo el guía:

—Nos vamos acercando a su casa, Cintra.

Fumaba éste, y no respondió sino con una inclinación de cabeza, asintiendo a lo que se le decía.

Se notaba en Cintra cierta preocupación e iba imprimiéndose en su semblante una inquietud que no trataba de disimular. Se decía a sí mismo que no tenía razones para ello, pero esa desazón le dominaba, y sea por haber transcurrido como quince días de faltar de su casa, o sea por presentimiento o adivinación incomprensible, había algo que pasaba sobre su ánimo obligándole a marchar cabizbajo. —De Botija a Cambute, de Cambute a Manacas, de Manacas a Brazo Escondido— y contaba con los dedos las leguas que había de uno a otro de estos lugares.

Subían una de aquellas cuestas de rápida pendiente, en las cuales el caballo modera el paso, resoplando con fuerza, y en que el jinete no se atreve a espolear al bruto, temeroso de estropearlo inutilizándole para el resto del viaje. Subían al *pasi-trote*, y las chispas de las piedras, heridas por las herraduras, o el rodar de los cantos, iban indicando los esfuerzos que era necesario hacer para vencer aquella cuesta.

—Compañeros, dispénsenme ustedes —exclamó de pronto Cintra—. El corazón me da algo malo: déjenme ir delante —y sin aguardar respuesta, requirió las riendas, clavó las espuelas y partió al galope, sin importarle los obstáculos ni cuidarse de si era seguido o no.

Arrearon también los demás, y difícilmente lograban seguir a Cintra, que, como poseído de locura, espoleaba y espoleaba sin cesar, haciendo que el caballo volase: todo quedaba tras ellos y era un huracán lo que pasaba.

—Detrás de esa ceja de monte está *La Macotudo* —indicó Cintra a sus demás compañeros, y aguijó aún más el caballo, como en supremo esfuerzo, sintiéndose arrastrado por un estado anormal que le hizo perder aquella calma y serenidad impasibles que eran el núcleo de su carácter.

El rudo galopar de los caballos turbó el silencio, y como contestando al ruido, llegó hasta los jinetes el aullido penetrante de un perro. Aquel aullido triste y prolongado se repetía y alargaba en el eco, y todos se estremecieron involuntariamente al lamento del animal, aviso anticipado para Cintra de alguna gran desgracia.

—¡*León*! —exclamó éste, y desapareció descerrajando el caballo. Transpuestos los árboles, lo refrenó de repente y con rudeza; cayó el caballo sobre sus cuartos traseros encabritándose al mismo tiempo; lanzóse Cintra de la silla, adelantó rápidamente dos pasos, y detúvose como petrificado. ¡Aquello era espantoso!

Llegados a poco, desmontáronse en silencio Pablo, Juan y el guía, quedándose en la ladera del monte, sin atreverse a avanzar ni a turbar el silencio de aquel lugar por sentirse helados de espanto.

Cintra, inmóvil, con las facciones desencajadas, fijábase en la horrible tragedia que tenía ante los ojos, y no se daba cuenta de aquello ni alcanzaba a coordinar idea alguna: ráfagas de locura y crispaturas de dolor iban y venían entrechocándose en aquel cerebro que se sentía estallar ante el espectáculo horroroso que se le mostraba: latían sus sienes como a martillazos, y su respiración era tan anhelosa, que no se sabía si eran sollozos o aspiraciones de los pulmones lo que así se agitaba en aquel pecho.

Las casas de la haciendita *Macotudo* estaban convertidas en alguno que otro tronco carbonizado y en un montón de cenizas. Junto a un bulto disforme aullaba seguida y lastimosamente el perro *León*, sin poder levantarse, malherido, y fijando en su amo mirada cariñosa batía con la cola el suelo en señal de alegría. Unas auras asustadas aletearon, levantaron el vuelo, y rastreando la tierra con las pesadas alas, describiendo un semicírculo, fueron a posarse en los árboles cercanos. Había una fetidez que impedía la respiración y asfixiaba: el horror se imponía.

En un montón de cenizas húmedas y negruzcas, allá en un extremo, escarbaba un aura, y hundiendo el duro pico en el hueco que descubre, arranca y arrastra una tira de un cuerpo que se pudre; agítase un enjambre de moscas que, zumbando, se apartan un poco y vuelven al montón. Siguiendo la dirección de la mirada de Cintra, lo que se ve hiela y sobrecoge pavorosamente. Un cuerpo informe, desfigurado, horrible, de un ser humano en putrefacción, yace boca arriba; el fuego consumió las ropas y carbonizó las piernas hasta los muslos. Lamieron las llamas el corpiño dejando jirones de trapos y los pechos al descubierto, y, achicharrada la cabellera, mostraba el cráneo casi desnudo, solo con algunos restos de cabellos engrifados. El vientre, hinchado y desgarrado por la descomposición y por las auras, arrojaba, por entre manchas asquerosas, materias líquidas, y, como extraído por el pico de las aves carnívoras, una porción de un feto arrancado a la vida en las mismas entrañas de la madre. Un costado presentaba ancha herida de bala, y tenía un brazo casi desprendido del hombro y rajado hasta el pecho de un solo machetazo. La cabeza, caída hacia atrás, miraba al Sol con las cuencas de los ojos vacías, y la boca, abierta, reía con la risa de las calaveras, ostentando la dentadura sin labios y sin carnes.

Un aurero más allá revoloteaba y se cebaba en otro cadáver.

Una blasfemia horrenda interrumpió la paz de los muertos y cortó el aullido del perro; a puñados se arrancaba Cintra los cabellos, y con el puño cerrado increpó a Dios en lo infinito con gritos de rabia y con maldiciones; y luego hízose en su alma una transición; no habló más palabra alguna; acercóse despacio a su esposa muerta, y arrodillado contemplóla largamente sin derramar una lágrima; había amargura indecible en sus ojos; bajó la cabeza pegando sus labios a aquella frente, fría y hedionda, y prometióle a la muerta, e hízose a sí mismo, un juramento terrible.

Desenvainó el machete, partió en dos la cabeza del fiel *León*, y montando de nuevo a caballo, partió al galope, dejando abandonados los restos de su esposa e hijos.

La ferocidad implacable del futuro coronel Cintra se determinaba por aquel horrendo sacrificio de su familia: una compañía de uno de los batallones de tropa regular en campaña había pasado por *La Macotudo* hacía tres días.

XIX

Llegábase al 1870, y la lucha comenzada en 1868 se sostenía encarnizada sin que, a pesar del natural cansancio, del hambre, ni de los descorazonamientos, dieran ambos combatientes señales de decaimiento; y no hubo día en que no se registrara un encuentro, y no hubo mes que no se señalara por los fusilamientos en las ciudades.

Una orden cruel, bárbara, sanguinaria, del general Valmaseda, se cumplía al pie de la letra, con demasiada exactitud quizás; pero ella había sido un estímulo para los odios ya desarrollados y el espíritu de exterminio, que era la norma de conducta que se señalaba: «toda casa que no tenga una bandera blanca, será incendiada, todo insurrecto de quince años cumplidos en adelante, será pasado por las armas»: no se daba cuartel.

Con varias alternativas habíase llegado al año 1872, y al terror de las armas había que agregar el terror de la peste; el cólera diezmaba a españoles y cubanos, y en el campo y en la población se cebaba indistintamente en ellos.

Las familias residentes en la ciudad, a pesar de la excesiva fiscalización, recibían con regularidad correspondencias que escapaban de manos del enemigo; más aún, gran número de personas alejadas de todo partido político servían conscientemente de correveidiles, arriesgando la cabeza por un espíritu de simpatía innato en los hijos del país.

La familia Delamour continuaba en la misma situación, en su existencia de trabajos y de sobresaltos. El negro viejo había pagado su tributo a la muerte: el carretón de los pobres había llevado al cementerio el cuerpo del esclavo, fiel hasta el último instante de su vida. Para Margarita no existía ya la tierra; la ida de Pablo fue el golpe de gracia que preparó su pronto aniquilamiento, y aunque temía y presentía este hecho por conocer a su hijo, no dejó de experimentar el dolor natural de la madre sabiendo que estaba expuesto a los peligros constantes de una guerra sin piedad.

Magdalena, reservadísima, dando valor a su madre, engañándola con consuelos y esperanzas de que no participaba, cosía, y con el producto de su labor y la ayuda de Susana cuidan religiosamente sus pequeños compromisos.

Pablo cumplía su palabra escribiendo a menudo; las cartas aparecían a veces por debajo de la puerta, otras veces las recibía Susana en el mercado.

Y ella era la encargada de las contestaciones de puño y letra de Magdalena. Margarita, convertida en una especie de momia, no demostraba asentimiento alguno ni rechazaba las cartas: encerrábanse las tres, y ella le decía a Magdalena:

—Lee.

Concluida la lectura, agregaba:

—Quémala.

A Charlo, cerciorado de la partida de Pablo para la guerra, le pareció prudente no volver a casa de la familia de su amigo; creyó que sería una oficiosidad mal juzgada.

—Quién sabe lo que podrán pensar de mí —se dijo, y se retrajo voluntariamente. Hasta entonces había sido sobradamente dichoso saliendo ileso, sin un solo rasguño, de los diferentes encuentros que había tenido que sostener.

A los Delamour les estaba reservado el ser una de las tantas familias en quienes la suerte debía cebarse con dureza; la revolución, inmolándola, no le dispensaría otro galardón que las palmas del martirio; la vorágine, envolviéndola en su corriente, debía arrastrarla a ese abismo de miserias y de amarguras, y que se expusiera, prestando todo su concurso y sacrificándose voluntariamente en aras del ideal: hubo para algunos más suerte; para otros, cada paso fue un dolor cada avance una desesperación.

Abrigando los temores justísimos de una desgracia, renacían a la esperanza a cada lectura de las cariñosas cartas de Pablo; el tiempo transcurrido iba pareciéndoles una garantía de que no podría ocurrirle novedad alguna al joven soldado de la independencia: ¡la suerte le había protegido tanto hasta entonces!

¡Y la catástrofe estaba tan cercana!

Quincenalmente los fuertes del interior se comunicaban con la comandancia general, en la ciudad. Había que proveer, como una de tantas veces, al Sitio, a Arroyo Blanco y a Remanganaguas; debían llevarse víveres y municiones a esos lugares ocupados por las tropas, y el convoy, partiendo de Santiago, traería a la vuelta, después de cumplido su cometido, heridos y enfermos, que nunca faltaban.

Las reatas de mulos, con las cuales se contaba para este servicio, lo hacían pesado y despacio, y aunque algunas pérdidas de poca importancia debían haber servido de advertencia al gobierno español para no ser confiado, por una vanidad pueril habíase dado en la flor de regatear constantemente importancia al movimiento revolucionario y de los combates, más o menos reñidos, decía que el enemigo había huido desordenadamente. Aumentaba el número de bajas *mambisas*, y anunciando por lo que le concernía «por nuestra parte sin novedad» trataba de engañarse a sí mismo y de hacer creer a la generalidad de que cualquier recurso bastaba para desbaratar a los facciosos; el epíteto socorrido era el de llamar «Cobardes» a los insurrectos. Los convoyes, en relación a la importancia de los lugares adonde se dirigían, iban custodiados en el trayecto por escaso número de hombres, relativamente recargados de trabajo por las bajas, que no faltaban nunca.

Charlo, ostentando el grado de comandante y las estrellas de capitán, adquiridos por su comportamiento en campaña, debía partir convoyando cuarenta mulos, con una compañía de infantería de Marina; veinte hombres montados le acompañaban como guerrilleros.

Salieron de la ciudad con las precauciones que demanda la guerra, envalentonados por la creencia de una superioridad ficticia infundida por la disciplina y un convencimiento de invencibles que había de ponerlos en graves aprietos.

Sin más novedad que algún mulo aspeado, llegaron el mismo día al sitio, a pesar del mal estado de los caminos; acamparon y pernoctaron allí: al día siguiente por la mañana emprendieron de nuevo la marcha y se dirigieron a Arroyo Blanco.

Dos leguas más o menos habían andado, cuando, de entre los árboles que bordean el camino, partió un tiro, rodó por tierra un mulo. A la voz de «¡fuego!» del jefe contestóse a la agresión con una descarga, y la guerrilla espoleó batiendo los alrededores.

Fortuna fue que hubiese cinco mulos desocupados y no hubiese de momento necesidad de recargar a los otros, y la marcha, detenida por corto tiempo, se emprendió de nuevo, redoblando precauciones y enviando la guerrilla a vanguardia para mayor seguridad.

Habían andado cien metros quizás, cuando cinco disparos casi simultáneos, a retaguardia, causaron de nuevo la detención del convoy, y esta vez con daño más sensible: cayó muerto el caballo de Charlo, hubo dos soldados heridos y otro mulo fuera de combate: los tiros habían sido aprovechados.

Batióse el lugar de donde habían partido los disparos, escudriñóse el terreno, notóse rastro de gentes que habían huido; pero no se encontró a nadie.

Hizose lo que la otra vez, trasladóse la carga a otra acémila y ocuparon los heridos otras dos bestias. Comentóse el hecho y determinóse que mientras fuese posible, por entre el monte, a distancia regular del convoy, marchase en descubierta por ambos lados del camino una parte de la tropa.

Charlo llamó a los oficiales subalternos y les comunicó que le daba que pensar en un ataque serio la manera como habían sido agredidos; que había que tener exquisita vigilancia, que se tratase de forzar la marcha para evitar el que la noche los cogiese en ruta, y sobre todo en el bosque que había más adelante, atravesado en un largo trayecto por el camino, antes de llegar a Arroyo Blanco.

Desmontado Charlo, indicó a los demás jefes que convenía que fuesen también a pie; pues de esta manera no ofrecerían blanco al enemigo, que debía estar acechándoles o esperando en emboscada, y que infundirían mayor aliento a los soldados, si necesario fuese, estando más en contacto con ellos.

Prosiguióse la marcha, y como plan ordenado de señales, de tiempo en tiempo resonaba un tiro en vanguardia, respondía otro a retaguardia, y rara era la vez que de los dos no causara uno alguna baja, ya de un hombre, ya de un caballo. La situación iba empeorando, y aunque apenas resonaba un disparo, se respondía inmediatamente con una descarga en dirección de los agresores, no se les imponía correctivo alguno, y fue haciéndose tan dificultosa la marcha, que se impacientaban los que mandaban, por su impotencia.

Charlo, sobre quien recaía toda la responsabilidad, como jefe de la fuerza, sentía verdadera inquietud, y al notar las bajas que iban entorpeciendo su avance, y que la noche había de alcanzarlos en el lugar más temible, preveía un ataque serio para cuando estuviesen aniquilados por la fatiga y las pérdidas; adivinaba que, de la manera que se ejecutaba la pelea, no era ésta uno de esos ataques sin importancia hecho por alguna turba disgregada que se satisface con hacer algún daño, desapareciendo enseguida, sino que todo ello era dirigido por un jefe inteligente, obrando a conciencia y con fin preconcebido.

Presentábasele el dilema de perder el convoy, lo que sería una gran vergüenza para él; ser derrotado, deshonra que no había sufrido todavía, o retroceder, lo cual juzgaba cobardía. Sentía la grave responsabilidad de su cargo, y, sereno y valiente, se dispuso a cumplir con su deber hasta lo último, jugando el todo por el todo, comprendiendo que la intención era retardarlo de modo que la noche les viniese encima en el monte.

El ataque y la defensa fueron haciéndose más regulares y menudeaban los tiros. El designio, por el momento, de los insurrectos era crear las mayores dificultades posibles, pues gran número de disparos iban dirigidos a las acémilas y la mitad de éstas encontrábanse ya fuera de combate; los heridos aumentaban la impedimenta y un oficial caía para no volver a levantarse.

La tarde había concluido: la noche era un hecho para cuando estuviesen atravesando el paso temible, y Charlo, dando la voz de alto, llamó a consejo al teniente y a los sargentos que le acompañaban. Su opinión era acampar en el lugar del camino en donde se encontraban, pues, aunque lleno de árboles, era un terreno despejado comparado con el bosque que tenían más allá; que el enemigo en masa debía aguardarlos allí, y que, aunque seguros de la victoria, creía que era una imprudencia el exponerse a sacrificar inútilmente la vida de algunos valientes cuando con el día, a la mañana siguiente, atravesarían el camino sin mayores riesgos: conformes todos, dióse la orden de acampar. Formóse una especie de semicírculo, colocando en el centro los heridos, las municiones y los víveres; los mulos servirían de trinchera del lado más poblado de los árboles, y aunque no debían dormir, rodeáronse de centinelas, y distribuyóse una ración de galleta y tocino: no había que pensar en hacer rancho.

Las tinieblas fueron avanzando y había algo de siniestro y traidor en la quietud que se notaba. Tan pronto se acampó, cesaron los disparos; no se concebía que fuera esa una huida; había que aguardar más tarde algo más grave.

Ya oscuro, resonó un tiro de nuevo, oyóse un golpe seco y hueco, y sin un suspiro, abrió los brazos y rodó del caballo un centinela guerrillero, cuya silueta se destacaba sobre el fondo del horizonte. Fue esto como una orden, y casi circundó a la tropa una línea de fuego enviando la muerte con mano segura; un tiroteo constante, sin precipitación, se cruzaba con las descargas de los sitiados, obedeciendo valerosamente a la voz de «¡fuego!» de sus jefes.

Íbase presentando difícil la situación; la impotencia contra un enemigo invisible hacía rugir de cólera a los agredidos, y las bajas iban haciéndose sensibles; si hubiese sido de día hubiérase ordenado una carga a la bayoneta; en aquellos momentos era esto imposible.

El silencio había desaparecido con las detonaciones y las voces de mando; los ánimos fueron sobrecogiéndose con el fragor de la pelea, el temor de un desenlace desconocido y la imposición de la oscuridad de la noche con su intimidación natural: el trance era angustioso.

El valor y la tenacidad del soldado no desmayaban; pero venía a acongojarlos las víctimas que se iban sucediendo. A los gemidos de alguno que otro a quien el dolor vencía, fueron acumulándose quejas de otros y otros, cuyas heridas sin cura se exacerbaban arrancándoles ayes lastimeros: no era posible pensar sino en la defensa, descuidando auxilios que no podían prestarse. Pronto la sed vino a irritar más y más a los heridos, y los lamentos fueron más fuertes, y la desesperación del dolor dejó escuchar gritos de rabia, injurias y blasfemias.

Aquí el estertor de uno que agoniza, allá las convulsiones de una bestia que se revuelca desgarrada; acá quien se estremece exhalando el postrimer suspiro y rueda a confundirse con los cadáveres y la carga amontonados; acullá un soldado que resbala en el cieno formado por la sangre, y más allá el choque del cuerpo que cae mortalmente herido por las balas que descienden sobre el grupo como gruesas gotas de lluvia.

El fulgor de los disparos, rasgando la oscuridad como el rayo, deja percibir a una claridad rojiza el aspecto tétrico de aquellos hombres, resueltos, inmóviles, vendiendo cara la vida, atentos al enemigo y apretando convulsivamente el arma.

Charlo no se forjaba ya ilusiones sobre el éxito; confiaba para su salvación solo en la luz del día, y éste estaba muy lejos aún.

No comunicó sus temores a nadie, y dispuesto al sacrificio, se resolvió a aguardar sereno hasta lo último el final de la acción.

Alguna fuerza enemiga de refresco debió llegar; al fuego graneado sucediéronse descargas; estrecháronse las filas, y como un estremecimiento electrizante recorrió entre los soldados la orden enérgica de Charlo:

—¡Al que se mueva lo mato!

De pie, con el machete en una mano y el revólver en la otra, en primera fila, trataba de dar la más acertada dirección a sus disparos:

—¡Ánimo, muchachos! ¡fuego por la derecha! ¡firmes, no cejar! —y recibía impávido las balas, que parecían respetarle.

—¡Agáchese, mi comandante! —le aconsejó un soldado que hacía fuego parapetado tras un mulo muerto—. ¡Calla, muchacho! ¡A cumplir con tu deber! —y se le vio continuar en la misma posición; como ofreciendo su pecho de blanco al enemigo, con un valor que rayaba en temeridad: lo honroso estaba en morir.

El peligro se acrecentaba. Hubo un movimiento de avance en el monte: los fogonazos fueron adelantándose, y las llamaradas, por entre el humo que los envolvía, dejaban en descubierto a los soldados y facilitaban la certeza del disparo; tirábase desde los últimos árboles, a boca de jarro, y presentíase el choque que iba a decidir el combate.

—¡Rayos, me han muerto! —oyóse exclamar con sucia interjección y sibilante y duro acento, y se vio a Charlo llevar una mano al costado izquierdo, crispársele allí, girar sobre sí mismo y caer junto a sus compañeros tendidos en el suelo.

En el monte vibró al mismo tiempo, fuerte y enérgica, la voz de mando del jefe cubano: «¡Machete!». Y el grito «¡machete!» retumbó en el monte, y como el galopar de caballos desbocados, dominó por un momento el ruido de gentes que corren, los alaridos de salvaje alegría entremezclados con los ayes de dolor, y los tiros, y los golpes, y las caídas, y el patalear de mulos que escapan, y los mueras y reniegos, y el chocar del hierro contra el hierro. Después, en confusión espantosa, el estertor del que muere, la injuria del que resiste y el insulto del que vence. Por último, poco a poco, disminuyó el estruendo, cesaron los tiros, callaron fatigadas las fauces y cesó la tormenta: el convoy había sido copado.

Algún lamento se escuchó todavía; algún rezagado malherido dejaba oír sus quejas, y tras un pequeño grupo de fugitivos, sin norte ni guía, huyendo a la desbandada, vióse correr al jefe victorioso, el coronel Cintra, implacable en la acción, sin piedad en la lucha, inexorable con el caído: bajo el mando de Cintra no se daba cuartel nunca.

Durante un instante resonó todavía el grito fatídico de «¡machete!» y escuchóse el golpe abominable destrozando al herido y rematando sin compasión al que aun palpitaba con un resto de vida.

¡Así cumplía Cintra con el juramento que se impuso al pie de su esposa bárbaramente inmolada!

XX

La casualidad baraja a veces opiniones y sentimientos, y los hombres, juguete de su capricho, van adonde los arrastra esa fuerza misteriosa y desconocida que así los eleva como los abate, a pesar de las combinaciones y de los cálculos más aparentemente acertados.

Casual o providencial, llega el hecho con su imposición fatal a deshacer nuestras esperanzas y a realizar acontecimientos, naturales en el fondo, pero que parecen raros e increíbles.

Aniquilado el enemigo, dueños del campo, había que pensar en los propios. La victoria se había comprado a muy alto precio; los muertos y los heridos eran también numerosos.

Al choque de un trozo de acero contra la piedra brotó la chispa, se prendió una mecha y se encendieron con ella hachones de cera virgen, que arrojaron claridad siniestra sobre aquel lugar de desolación.

El sargento Juan demostraba más afán que los demás, sentíase desconcertado: Pablo Delamour no parecía. El mismo Cintra, al no verlo a su lado después de la victoria, advirtió su falta y pensó en una desgracia.

Resonó como un rugido de fiera, y Juan, tirando su hachón, pasó el brazo bajo la cabeza de un herido, introdujo una mano en el pecho y gritó:

—¡Vive! —Pablo Delamour yacía sin conocimiento: había caído en el momento de llegar junto a la tropa.

Ayudado por varios y por Cintra, sostenido y recostado Pablo sobre el fiel Juan, se trató de curar aquellas heridas y de ganar aquella preciosa vida. Rasgada la camisa de éste, presentóse el pecho desnudo, y a su vista, apretando los labios. Cintra dejó escapar la palabra ¡malo! Una bala había fracturado una clavícula; esta herida no era mortal; pero sobre la tetilla derecha presentábase otra, recibida a boca de jarro, y que por haber atravesado el pulmón, tenía que ser de suma gravedad.

La sangre había manado abundantemente y corría aún; se trató de restañarla, y se roció fuertemente con agua la cara del herido, para hacerle volver de su desmayo.

—¡Agua! —murmuró Pablo débilmente. Tomó con dificultad unos sorbos de una *jigüera* y abrió los ojos.

—¡Mi amo Pablo!... —exclamó Juan alentando esperanzas al mirarse en sus ojos.

—Juan, ¿se acabó la acción?

—Sí, mi amito.

—¿Ganamos?

—Sí, mi amito —Juan, invariable en cariño y fidelidad, no había podido ni querido suprimir este tratamiento a su antiguo amo, y a las reconvenciones de Pablo, había respondido impertérrito y sonriendo—: Libre o no libre, seré siempre un esclavo.

—¡Agua! —volvió a decir, y bebió con avidez, vaciando casi la *jigüera*—. Siento sueño —agregó, y entornó los párpados.

Poniéndose un dedo en los labios, indicó Cintra silencio, y moviendo la cabeza, quiso dar a entender que el caso por lo grave le parecía fatal.

Pablo era amado; su conducta pasada, referida por Juan, era una garantía de sus sentimientos liberales, y su comportamiento en el campo insurrecto consolidó ese cariño en todos sus compañeros: él sería, y continuó siendo no el superior, sino el amigo de sus subalternos.

Ante su desgracia rodeábale buen número de compañeros; de cuando en cuando tomábanle el pulso, colocábanle una mano en la frente buscando el calor de la vida que se escapaba, y compadecían a Juan que, con el silencio del dolor que se reprime, empapando en agua un pedazo de tela, humedecía constantemente los secos labios del herido.

Había un gran movimiento en aquel campo de batalla. Los victoriosos, divididos en grupos, se ocupaban en recoger el botín, cargar los animales, pertrecharse de municiones y alzar los heridos, a quienes inmediatamente se llevaba camino del campamento, situado en el centro del lejano monte firme.

Veíanse las luces vagando de un lado para otro, corriendo, apresurando la faena, para encontrarse al despuntar el día lejos de aquel teatro y descansar al mismo tiempo.

Unos hacían de leñadores cortando ramas verdes de guayabo y entremezclándolas con leña seca que traían otros; otros, registrando cadáveres de enemigos, habíanlos hacinado en montones, demostrando con esto lo terrible de la lucha; y al encontrar en el mismo lecho a los desaparecidos por una u otra causa, determinaban destruirlos por el fuego para borrar la huella, hasta lo posible, de lo caro del triunfo.

Allá, en un montón, estaba el cadáver del comandante Charlo, muy ajeno, al caer, de que junto a él caía también su amigo Delamour; y éste, agonizando, tenía muy lejos del pensamiento que, al morir, moría quizás herido por mano amiga: la suerte, en lejano confín los unió un día y creó en sus corazones lazos de cariño, y la suerte, lanzándolos por distintos derroteros, los unió por segunda vez y los unió cadáveres. ¡Enigmas de la Naturaleza que escapan a la limitada inteligencia humana!

Nada había que esperar: Pablo entraba en franca agonía. Con varias ropas habíasele arreglado una cama provisional, y Juan tenía entre las suyas una de las manos de su amito, espiando angustiado la fisonomía de Pablo, velada por la muerte. Vuelto de su sueño que había sido como agotamiento de fuerzas, atrajo a sí a Juan y murmuró:

—Esto se acabó, Juan. Verás a mamá... a Magdalena... diles todo... que Dios lo ha querido. A *Dá* que no las desampare; ven, acércate, más, más; llévales el anillo de papá mi única pena es no haberlas visto. Que las he querido mucho... mucho; que no se desesperen... Voy a reunirme con papá, y tú, Juan, mi fiel amigo, más cerca, pega tu cara, aquí... —y puesta la cara del negro junto a su boca, le besó en la frente—. Para ellas... y para ti... ¡mi pobre Juan! Las palabras fueron siendo como un soplo, y se apagaron, y dejaron de oírse, y sus labios se movían diciendo adiós, y no se escuchaba sonido alguno.

Hacía Juan signos afirmativos a lo que le decía Pablo, y corrían silenciosas sus lágrimas, por serle ya imposible contenerlas; el hipo de la muerte indicaba la poca vida, y el frío fue gradualmente apoderándose del cuerpo hasta dejarlo rígido, desapareciendo con el postrer aliento el último estremecimiento con que estrechó la mano del negro.

Puso Cintra la suya en el hombro de Juan, que sollozaba anegado en llanto.

—Hay, que ser hombre, Juan; camino es éste que, hoy uno, mañana otro, tenemos que seguir todos: ¡valor! —y Juan continuó llorando como un niño.

—Coronel —replicó con entrecortado acento— permítame que lo entierre, y concédame permiso para ir a Santiago.

—Sí, Juan, ¡que te ayuden! Justo es que veas a la familia; irás a Santiago cuando quieras. Date diligencias: dentro de un rato nos ponemos en marcha; no conviene que te retardes; por si acaso, ya sabes dónde deberás encontrarnos.

—Gracias, mi coronel.

Y Juan, ayudado por sus compañeros, descubiertos todos ante el muerto, lejos del camino, sin tiempo que perder, con los machetes y con varas haciendo las veces de barreta, abrieron una fosa, enterraron a Pablo Delamour, y cubrieron la tierra removida con montones de piedras, especie de túmulo que sirviera mañana de señal de reconocimiento, y quedóse allí Juan, desconsolado junto al ser que había sido para él hermano, padre, Dios.

Abismado el negro en su dolor, alelado por la desesperación, no dándose cuenta de golpe tan rudo, olvidándose en medio del diario batallar de que el peligro los acechaba constantemente, llegó a creer que su amito era invulnerable, y al despertar, con transición tan violenta, sintióse destrozado.

—Déjenme —dijo a sus compañeros al marchar la tropa—; los alcanzaré después —y quedóse allí como perro leal echado sobre la tumba del amo.

La hierba de guinea se había incendiado y comunicó el fuego a sus alrededores.

Por entre las ramas y las hojas enviábale vacilante reflejos la alegre fogata que chisporroteaba en el camino. Las llamas de esa hoguera, que se hizo inmensa, subían serpenteando, lamían la negra humareda inflamándola, y arrastradas por el viento llevaban a lo lejos el anuncio del incendio, pintando el espacio con tintes rojizos.

Cruje la leña y retuércense las hojas verdes chirriando al calor que las devora, chirrían los cadáveres más o menos hacinados, que crujen, y se rasgan, y llenan el aire de hedor a ropa quemada y a carne que se tuesta.

Detona el aire dilatado en los maderos y los cuerpos, y en la hoguera aménguase el fuego con la grasa derretida que condensa humo espeso.

Con las llamas espántanse los mulos en marcha haciendo las veces de barreta, abrieron una fosa, ya, y resuenan con las injurias del arriero los machetazos de plano para domeñar a la bestia que se resiste; muévese la columna con el acompasado son de la marcha, y va alejándose con las gentes el ruido del murmullo alegre de los victoriosos cargados de botín, perdiéndose cada vez más allá, a lo lejos, el sonido como un eco, y dejando solo a Juan, aislado por completo, solo, con los muertos que se queman y con los muertos que se olvidan.

XXI

Santiago de Cuba, habituada a los sufrimientos, castigada por los hombres y la Naturaleza, acostumbrándose a los sobresaltos y a las vejaciones, endurecida por los dolores, aparecía indiferente casi a los sucesos que se desarrollaban en su seno o a su alrededor, y con la muerte en el corazón, a veces mostrábase con faz impasible, ocultando, bajo ropaje de brillantes colores, astucia, valor, constancia, licencia, degradación.

Creeríasela idiota, sin estímulo, viéndola danzar en medio del peligro; creeríasela estoica viéndola padecer impávida en el seno de la peste.

Durante cierto tiempo, encapotado el cielo, cubierto por una gasa plomiza, no pudo el Sol enviar su calor al suelo; una lluvia menuda y constante, enlodándolo todo, mantenía una atmósfera húmeda y una suciedad repugnante, haciendo intransitables las calles y tétricos los días.

El cólera, posesionado de la ciudad, va arrancando víctimas de cada casa; multiplicados sus estragos, impone el terror, o lo disipa, aumentando y disminuyendo su fiereza, experimentando los que viven en ese aire asfixiante el vaivén de esas alternativas, olvidándose por instantes de que su existencia está pendiente de un hilo.

El pueblo no se acuerda de sus angustias o las esconde en la embriaguez del desenfreno. Junio había pasado llevándose su carnaval de San Juan y San Pedro con poquísima animación, preludiando los *grandes días de Santiago y Santa Ana*, en que la locura alcanza su mayor apogeo, período candente de saltos, canciones, descaro e impudicia.

La esclavitud servil y cobarde continuaba en toda su severidad en los lugares donde no dominaba la rebelión, y los mismos manumitidos, adquirida la libertad, remedaban estilos y costumbres de los cuales no habían podido despojarse todavía: el respeto al amo, el envilecimiento, los mantenía maniatados aún, y eran su afán y su delirio los goces de la materia.

El cólera no era valladar suficiente para detener a la muchedumbre que se lanzaba, en el desvarío de sus sentimientos, a las orgías de la danza, y como en los días de mayor bienestar, sin reparar en que caían mañana los que bailaban hoy, una sola idea, un solo pensamiento la dominaba: los mamarrachos.

La Plaza de Marte, lugar predilecto de las máscaras en el mes de julio, vestíase de barracas, cubríase de toldos, y las pencas de las palmas y cañas de bambú, entrelazándose con telas de colores rojos y amarillos, daban aspecto pintoresco al sitio de general regocijo. El movimiento es incesante: vibran en el aire constantemente los dichos, las agudezas, las canciones y el griterío, y las orquestas y los tangos siguen a las comparsas atronando y apagándose mutuamente sus sonidos. El mascarón con sus contorsiones convierte la diversión en indecencia; el esqueleto marchando automáticamente; los monos asquerosamente vestidos; jinetes en burro remedando personajes; instrumentos que desafinan y comparsas disparatadas de gentes de color con vestidos chillones, con sus reinas y sus estandartes, dislocan a la multitud, dividiendo la masa humana, culebreando por entre ella con el paso de la música militar que los acompaña o contoneándose con ademanes lúbricos.

El polvo producido por tanto pisoteo no molesta, el calor no sofoca; se ríe y se escandaliza; en las *mesitas* se ostentan la pitia y el melón; las botellas y los licores aguardan consumidor, y en el anafe bullen el ajiaco con aroma suculento y el ponche de leche despidiendo fuerte olor a canela. La *mesitera*, con su mejor vestido, atrae al *marchante* con miradas relucientes, o éste llega por las amigas zalameras que la acompañan, luciendo formas que incitan, y se aspira, con el olor de la esencia, de los jamones y de las carnes adobadas, el del sudor fétido que se transpira por entre ropas sucias de gentes fatigadas.

De pronto la muchedumbre se arremolina, deja franco el paso a una comparsa de mamarrachos que avanzan a saltos, y corren, y se paran, agitando como impacientes las *maracas* con ruido unísono vestidos de muselina negra, llevan falda de mujer, y con la cola que les arrastra, van barriendo las calles, adhiriéndose las suciedades del suelo. La cabeza les va cubierta con capucha negra también, velando la cara con tela del mismo color, y a modo de cresta o moco de pavo, llevan sobre la frente un pompón de regencia colorada.

Van apareados, y a un signo reúnense en grupo compacto, se apartan apenas con grotescas y ridículas contorsiones, vuelven a formar en apretado haz, y de bracero de tres en tres, ábrense paso, como una avalancha, y con acento estridente cantan:

Échale una manga, hermano,

y después... y después... y un ¡trabucazo!
¡Pum!
Que vengo prevenido
con el machete en la mano.

—¡Las auras! ¡las auras! —aúllan los muchachos, corriendo delante de la comparsa. Esta gesticula y chilla, y como señal de reconocimiento, en el mismo tono, repiqueteando las *maracas*, grita:

¿Qué quieres que te dé?
¿Qué quieres que te dé?
¡candela!... ¡aura cuerera!...

Diez o doce pasos al frente de la partida va un *aura cuerera* dirigiendo a las demás; al de ésta regulan el paso los acompañantes, andando si ella anda, deteniéndose si ella se detiene.

Nada la diferencia de las demás: el mismo túnico sucio de percal negro, la misma regencia colorada en la cabeza; pero se nota que a ella se ajustan y obedecen las otras. Lleva una pantomima especial. En la mano izquierda tiene una vara de café, pendiendo de la punta un cordel de cuyo extremo cuelga, muy bien atada, una galleta dura por lo vieja y sucia por lo manoseada. En la mano derecha otra varita con la cual sacude, levanta o alza la galleta que oscila en el flexible *cuje*; brinca al cebo un perrito *sato* de hocico fino, ojillos inteligentes, con las orejitas paradas, que se desvive mirando al dueño para adivinar los deseos y ejecutar la pantomima que le enseñara su amo, o ya se sienta aguardando órdenes:

—¡Sube, sube! *Tú non son valiente. ¡Coge la galleta!* —y al saltar, para tratar de atraparla, le arrima un palo, aúlla el perro, echa a correr, ladra a las gentes, y vuélvese de frente al amo dándole dos ladridos.

Algún iniciado entiende la alegoría,[24] sonríe con sorna, y cuchichea al oído del vecino. Los papanatas ríen escandalosamente y forman coro a «las auras» silbando el aire del canto y repitiendo las palabras.

---

24 Atrincherados los insurrectos en la loma de la Galleta —montaña de difícil acceso— envióse contra ellos una expedición para que los desalojase de ese lugar: fracasó la columna,

Resuena el ruido del carnaval santiaguero en las calles más solitarias, y el cantar distante y el golpe de las tamboras, confundidos ambos, llegan como murmullos de una mar lejana a todos los ámbitos de la población.

En la calle del Rastro, aquel murmullo que se aumenta o se dilata como partículas retozonas acumuladas en el espacio, conviértese en un lamento al penetrar en la casa de los Delamour; el eco, al chocar en las paredes, en vez de canto alegre se transforma en una congoja.

La máquina de coser no se mueve desde la víspera; el fuego de la cocina solo prepara caldo y hierve agua, y Susana se desvive llenando botellas de barro de agua hirviente que, envueltas en sábanas, se aplican a las piernas de Margarita. A la excitación del estómago y a los calambres sobreviene un sopor con sudor meloso, y se le hielan las extremidades. Las mejillas y los ojos hundidos, las sienes deprimidas, olvida la faz, antes de morir, es ya un cadáver lo que se encuentra en aquel lecho.

Atacada por el cólera desde el mediodía, gastada aquella naturaleza, poco tuvo que hacer el mal para causar su estrago. Los esfuerzos de Susana y de Magdalena, la solicitud de éstas, las medicinas con todo el empirismo con que se aplican en los casos de epidemia, no bastaron a contener la rapidez del mal, y Margarita agonizaba, confundiéndose su color con el de las almohadas en que reposaba.

El cuarto está envuelto en una claridad dudosa que penetra por una ventana, la que en vez de cristal tiene un papel de periódico pegado a un postigo. Siéntese olor de medicinas y de sahumerios, y en un tiesto de teja humea un poco de azúcar sobre unos carbones encendidos; porción de trapos en un rincón conservan señales de deyecciones, mezclándose con el aroma de romero y azúcar quemado el hedor peculiar de los hospitales descuidados y sucios. Susana, en una silla, atiende a las últimas necesidades de la enferma. Magdalena, sentada en el mismo lecho, espía el resto de vida que va poco a poco desapareciendo en su madre.

Magdalena, extática, experimenta un vacío que se va apoderando de su ser, y siente, contra sí misma, una especie de rencor al notar que el dolor no estalla y que no acuden lágrimas a sus ojos. Cansada, exhausta, la fatiga de

---

teniendo que desistir de su empeño y retirándose con bajas de importancia: a este suceso se refería el *aura guerrera* con su pantomima.

muchos días de desvelo la domina y el aniquilamiento de sus nervios la hace aparecer indiferente; hay una orla oscura intensísima bajo sus párpados y una ligera crispatura en las extremidades de los labios.

Cuando mira a su madre, que ni la ve ni la siente ya, su mirada se pierde en lo infinito; diafanízase el cuerpo querido, y por entre el vacío que se transparenta hay algo de sobrehumano que se confunde con el rostro de Margarita, que se esfuma y vuelve a su estado real. Ni discierne ni la aterra el porvenir; quiere engañarse a sí misma, y para disfrazar la verdad de la situación actual la ayuda la atonía en que se encuentra sumida. El dolor en ella es una segunda naturaleza, y el bien y el mal hieren sus cuerdas sensibles de igual manera; amoldada a los sufrimientos, ante el dolor presente déjase vagar en busca de una esperanza, y concentra toda su vitalidad, todo su valor, todo su cariño, en lo único que le resta ya: su hermano.

A ratos olvídase por completo de la catástrofe que la agobia, y vuelve a la realidad, como despertando de un sueño, por el eco que repercute de músicas y de canciones.

Escúchase la algazara de las *auras cuereras* que se van acercando y el escándalo de los chiquillos que las siguen y preceden; y las *maracas* y los cantos turban sacrílegamente la paz de muerte de Margarita.

Magdalena experimenta disgusto acerbo al percibir las notas alegres, y, como en vaho amargo, siente despego por la vida, al contraste doloroso de los que ríen y de los que lloran.

Cruza por delante de la puerta la turba de la comparsa, y un *aura*, con el túnico de percal casi desprendido, rasgado, manchado de polvo, seco el barro en las orillas, penetra en la casa como un proyectil, y repica la maraca con furia. Salta Susana a su encuentro, colérica y decidida a atajarle el paso; alza el *aura* el trapo que le cubre la cara, y alargándole la mano dice:

—«¡Fortuné!»

Magdalena, vuelta la cabeza de *máter dolorosa* al ruido, cruza la mirada con la de Juan y adivina nuevas de su hermano; hácele angustiosa seña de que calle y aguarde, y se inclina a recoger el último suspiro de su madre.

Quedóse Juan ante aquel cuadro mudo y confuso; retorcióse las manos de dolor, y aprovechando el momento de desolación en que se abismaba Magdalena, arrodillándose al pie de la cama, coge la orla del vestido de la niña con ambas manos, y como la reliquia más veneranda, la lleva a sus labios, la aprieta, y aplica un beso intenso, en que se contienen todas las angustias y todos los sacrificios.

Álzase de puntillas y se arrastra sin ruido hasta la puerta, lleva la mano a su seno, y sacando las reliquias de su amito, las entrega deprisa a Susana, y huye desaforadamente al encuentro de la comparsa que le aguarda, y que le recibe con el ruido de las *maracas* y el grito estridente de «¡Aura cuerera!».

Magdalena, cumpliendo el último deber, lleva la sábana al rostro de su madre; busca con la vista a Juan, y encuéntrase con Susana, espantada, sin habla, con un pañuelo manchado de sangre y atado a una punta el anillo de su padre. Rápidamente adivina la catástrofe, anúdasele la garganta y se le escapa un grito gutural indescriptible. Palidece más que la madre muerta, y elevando los ojos al cielo, con un solozo desgarrador exclama: violentamente, con acento de las entrañas:

—¡Dios!... —concentrándose en este grito todas las amarguras, mezcla de desprecio a la existencia y de rebeldía contra la suerte.

Debilitada, rindióse al peso de sus dolores, nublósele la vista, sintió girar la habitación a su alrededor, vaciló perdiendo el equilibrio, e instintivamente, agarrándose al lecho, trató de sostenerse; desfallecida, pudo aún detener la caída por breve momento, y asida a las sábanas, crispados en ellas los dedos nerviosamente, osciló, mas faltándole las fuerzas, rodó por tierra, desvanecida al pie del lecho mortuorio.

La claridad opaca de la ventana y la blancura de las sábanas reflejan suavemente sobre su cuerpo; el humo de los sahumerios la rodea como de una nube; una lágrima se detiene en sus párpados entreabiertos, destellando en ellos una chispa de luz y Magdalena, como una imagen santa, velada de tenue nitidez, se destaca sobre aquel cuadro trágico, envuelta por una aureola purísima de gloria y de martirio.

Fin

Libros a la carta

A la carta es un servicio especializado para

empresas,

librerías,

bibliotecas,

editoriales

y centros de enseñanza;

y permite confeccionar libros que, por su formato y concepción, sirven a los propósitos más específicos de estas instituciones.

Las empresas nos encargan ediciones personalizadas para marketing editorial o para regalos institucionales. Y los interesados solicitan, a título personal, ediciones antiguas, o no disponibles en el mercado; y las acompañan con notas y comentarios críticos.

Las ediciones tienen como apoyo un libro de estilo con todo tipo de referencias sobre los criterios de tratamiento tipográfico aplicados a nuestros libros que puede ser consultado en Linkgua-ediciones.com.

Linkgua edita por encargo diferentes versiones de una misma obra con distintos tratamientos ortotipográficos (actualizaciones de carácter divulgativo de un clásico, o versiones estrictamente fieles a la edición original de referencia).

Este servicio de ediciones a la carta le permitirá, si usted se dedica a la enseñanza, tener una forma de hacer pública su interpretación de un texto y, sobre una versión digitalizada «base», usted podrá introducir interpretaciones del texto fuente. Es un tópico que los profesores denuncien en clase los desmanes de una edición, o vayan comentando errores de interpretación de un texto y esta es una solución útil a esa necesidad del mundo académico.

Asimismo publicamos de manera sistemática, en un mismo catálogo, tesis doctorales y actas de congresos académicos, que son distribuidas a través de nuestra Web.

El servicio de «libros a la carta» funciona de dos formas.

1. Tenemos un fondo de libros digitalizados que usted puede personalizar en tiradas de al menos cinco ejemplares. Estas personalizaciones pueden ser de todo tipo: añadir notas de clase para uso de un grupo de estudiantes,

introducir logos corporativos para uso con fines de marketing empresarial, etc. etc.

2. Buscamos libros descatalogados de otras editoriales y los reeditamos en tiradas cortas a petición de un cliente.

www.ingramcontent.com/pod-product-compliance
Lightning Source LLC
Chambersburg PA
CBHW050848180626
46814CB00007B/2680